MEDUSA

MEDUSA

Alberto Vázquez-Figueroa

GRUPO ZETA

Barcelona • Madrid • Bogotá • Buenos Aires • Caracas • México D.F. • Miami • Montevideo • Santiago de Chile

1.ª edición: mayo 2014

© Alberto Vázquez Figueroa, 2014
© Ediciones B, S. A., 2014
     Consell de Cent, 425-427 - 08009 Barcelona (España)
     www.edicionesb.com

Printed in Spain
ISBN: 978-84-666-5516-3
DL B 7259-2014

Impreso por LIBERDÚPLEX, S.L.U.
Ctra. BV 2249 Km 7,4
Polígono Torrentfondo
08791 - Sant Llorenç d'Hortons (Barcelona)

Capítulo Uno

Se presentó a traición, sin la menor advertencia, tan súbita e inesperadamente que incluso cogió desprevenido a quien había pasado gran parte de su vida vagabundeando por aquellos parajes y se preciaba de conocerlos bien.

Cabría imaginar que las negras nubes, densas, espesas, casi palpables y cargadas de electricidad, habían permanecido ocultas al otro lado de las montañas, aguardando la ocasión para tender su brutal emboscada. Era como si quisieran que el solitario senderista confiara plenamente en el límpido cielo de una hermosa tarde veraniega para sorprenderlo surgiendo de improviso sobre la cima de un picacho, antes de precipitarse pendiente abajo al tiempo que se transformaban en agua y relámpagos.

Ni siquiera el retumbar del trueno llegó a modo de apertura sinfónica a la apocalíptica orquesta; corría con segundos de retraso tras los primeros rayos que surcaron el cielo trazando garabatos para acabar estrellándose contra torres de acero que se doblaban al instante mientras gruesos cables eléctricos se comportaban como gigantescos látigos que desparramaran chispas a diestro y siniestro.

El sorprendido y casi aterrorizado caminante no tuvo oportunidad de correr desalentado en busca de un inexistente refugio, por lo que se limitó a dejarse caer cubriéndose la cabeza con las manos como el reo que aguarda a que le corten el cuello de un hachazo.

Nada se podía hacer frente al desmesurado ataque de ira de una naturaleza que, sin motivo aparente, se había despertado demasiado excitada, no en forma de tornado, terremoto o erupción volcánica, sino derrochando en cuestión de minutos tal cúmulo de energía que habría bastado para abastecer a un pequeño país a lo largo de una semana.

No llegó al grado de tempestad, más por cuestión de tiempo que de fuerza, debido a que apenas duró lo que se tardaría en describirlo, pero actuó con la furia de un mazazo tanto más destructivo cuanto más inesperado.

Cuando al fin el maltrecho senderista volvió en sí, millones de estrellas brillaban en un firmamento absolutamente despejado y el único vestigio de tan traicionero asalto se limitaba a una torre de alta tensión, antes desafiante, que ahora semejaba un retorcido paño de cocina del que se hubiera exprimido hasta la última gota.

Le sorprendió que le doliera todo el cuerpo porque a su entender lo lógico hubiera sido que careciera de cuerpo.

A la vista de lo ocurrido, su obligación era estar muerto.

Pero no lo estaba.

Contra todo pronóstico continuaba respirando y, como deseaba seguir haciéndolo, se limitó a permanecer inmóvil sabiendo que cualquier paso en falso acabaría enviándolo al fondo de un barranco.

Había comenzado a recorrer aquellos caminos de la

mano de su padre y luego los había frecuentado infinidad de veces, de forma que conocía dónde se encontraban cada arbusto y cada piedra, pero una cosa era andar por la montaña a la luz del sol e incluso en la bruma de los atardeceres, y otra muy distinta hacerlo en la oscuridad y sobre un suelo embarrado y por lo tanto sumamente resbaladizo.

Luchó contra el deseo de romper a llorar, pero no era el dolor lo que le impulsaba a hacerlo, sino la indignación por el hecho de sentirse traicionado por una naturaleza a la que siempre había respetado.

Era como si Claudia hubiera intentado asesinarle en el momento en que más a gusto se sentían el uno con el otro, o incluso peor aún porque a Claudia tan solo la conocía desde hacía veinte años, mientras que aquellas montañas formaban parte de su vida casi desde que tenía uso de razón.

¿Por qué?

¿Por qué, si tantos la agredían, la naturaleza había decidido volverse contra quien más la amaba?

Le había golpeado, lacerado y abrasado de una forma inmisericorde, sin tener en cuenta los cientos de horas que había pasado sentado en una roca admirando la perfección de cada picacho y cada prado, la gracia con la que corrían los arroyos buscando el cauce del río, la cadencia con que el viento murmuraba a los árboles, o el olor a hierba fresca a principios de marzo.

Se le antojaba injusto, porque una mujer tenía derecho a cambiar de estado de ánimo de un minuto al siguiente, pero la montaña no; la montaña tenía la obligación de avisar con antelación a quien tanto la amaba.

Las estrellas paseaban sobre un suelo de tinta siguiendo el mismo camino milenio tras milenio y no pudo por menos que preguntarse cuántas generaciones de seres humanos las habrían observado a lo largo de la historia en el vano intento de encontrar en ellas respuestas a preguntas para las que nunca habían existido respuestas.

Al fin cerró los ojos y aguardó a que el sol avivara el dolor.

A primera hora de la mañana emprendió el regreso recorriendo a duras penas un camino que alguien parecía haberse entretenido en alargar de forma cruel e innecesaria, puesto que lo único que consiguió fue aumentar el sufrimiento sin reducir un ápice su voluntad de ponerse a salvo.

El vetusto caserón, cuidadosamente restaurado a base de infinitas horas de paciente trabajo, lo acogió con el mismo cariño con que recibió a su madre el día que lo trajo del hospital, como si sus gruesos muros supieran que aquel niño había sido concebido entre ellos una fría tarde en la que la lluvia golpeaba con fuerza las ventanas.

Aquel lejano día en la chimenea se abrasaban dos troncos y sobre la alfombra ardían dos cuerpos; los troncos se convirtieron en cenizas y los cuerpos también, pero medio siglo después.

Ahora el fruto de aquella apasionada tarde se dejaba caer agotado frente a la misma chimenea, y fue como si hubiera regresado al vientre de su madre, puesto que aquel era el sillón en que ella solía sentarse a leer durante horas.

Infinidad de veces acababa durmiendo en su regazo, y era entonces su padre el que acudía a alzarlo en brazos con el fin de llevarlo a la cama.

Permaneció unos minutos inmóvil y con la cabeza

gacha, derrengado, intentando asimilar que aún seguía con vida e intentando comprender por qué razón se había producido un fenómeno natural tan inesperado, inusual y destructivo.

No recordaba que ni sus padres ni sus abuelos hubieran hecho nunca referencia a una tormenta de semejantes características, tal vez debido a que en su época aún no existían los tendidos de alta tensión, por lo que quiso suponer que quizás habían sido las torres y los cables quienes ejercieran tan destructivo efecto multiplicador.

Sea como fuere, pronto dejó de pensar en ello; en ese instante su prioridad era buscar en la cocina el viejo ungüento casero que siempre se había aplicado a las quemaduras —«el potingue»—, preparado a base de grasa de pato, miel de palma, extracto de eucalipto y sudor de ubre de vaca, que, según su abuela, tenía la extraña propiedad de impedir las infecciones.

El remedio resultaba desagradable tanto al olfato como a la vista, pero aliviaba el escozor, por lo que se tumbó en la cama dejando pasar las horas mientras contemplaba las gruesas vigas de roble por las que años atrás le habían ofrecido casi tanto dinero como por toda la casa.

No las vendió porque aquel era su hogar y el lugar en el que había transcurrido la mayor parte de su vida, pero aunque aún seguía siéndolo, en aquellos momentos se sentía como en otro punto del planeta, aturdido y desorientado, incapaz de asumir lo ocurrido o tal vez presintiendo que a partir de ese momento su vida iba a sufrir una desconcertante transformación.

Las heridas cicatrizarían, probablemente las quemaduras le dejarían pequeñas marcas que servirían para recordarle el incidente, pero le invadía la amarga sensación de haber cambiado, como si al perder la confianza en la naturaleza hubiera perdido también parte de la confianza en sí mismo.

Al caer la noche descubrió sin excesiva sorpresa que no había corriente eléctrica, y al recordar cómo habían quedado la torre y los cables de alta tensión se resignó a la idea de tener que soportar las consecuencias de una prolongada avería.

Encendió varias velas que siempre estaban a mano, cenó algo de la nevera, que comenzaba a descongelarse, y regresó a la cama diciéndose a sí mismo que no era cuestión de maldecir su suerte, sino de darle las gracias por haberle permitido volver a nacer.

Mientras aguardaba la llegada del sueño pensó en Claudia y en que al saber lo que le había ocurrido comentaría que le estaba bien empleado por negarse a pasar los veranos en la playa.

Claudia había nacido a orillas de un mar al que adoraba, y en cuanto llegaba el buen tiempo empezaba a rezongar asegurando que a aquellas horas podrían estar nadando, buceando o navegando en su pequeño balandro. En cambio a él el mar le amedrentaba, por lo que jamás pudo entender qué placer producía sumergirse en sus profundidades o pasarse horas contemplándolo tumbado en una pegajosa arena repleta de bichos.

Pese a ello, el eterno dilema vacacional, montaña o mar, que tantos conflictos familiares solía generar, no constituía para ellos un grave problema, sino que reforzaba su relación tras un corto período de separación.

Claudia amaba las playas abarrotadas, las noches ruidosas, el alcohol, el baile y el gentío, mientras que él prefería la soledad, la quietud y un silencio en el que las únicas palabras que utilizaba tan solo servían para comunicarse casi telegráficamente con la hercúlea Vicenta, una lugareña muy generosa a la hora de trabajar, pero increíblemente avara a la hora de hablar.

Al abrir los ojos la descubrió observándolo desde el quicio de la puerta.

—Está usted hecho un Cristo. ¿Qué le ha pasado?

—La tormenta me pilló en el monte.

—¡Ya...!

—Nunca había visto cosa igual.

—¡Ni usted ni nadie...! ¿Voy a buscar al médico?

—Con «el potingue» me basta.

—¿Qué le preparo de comer?

—Lo que corra más peligro de estropearse en la nevera.

—¡Lógico...!

Visto que al parecer había agotado su diario cupo de palabras, dio media vuelta y se marchó a preparar el almuerzo, limpiar la casa y cuidar de los animales, tareas que llevaba a cabo con encomiable entusiasmo y eficacia.

Por su parte, su patrón dedicó parte de la mañana a curarse las heridas y asearse a trozos aprovechando lo mejor posible el agua que la esforzada mujer le traía del pozo, y acabó tomando asiento en el banco del porche, visto que mientras continuara sin corriente eléctrica la televisión no funcionaría y no se encontraba con ánimos para ponerse a trabajar.

Mientras se afanaba por encender el horno de leña, puesto que la cocina eléctrica tampoco servía de nada, Vicenta comentó en voz alta:

—Estamos como en el tiempo de los abuelos y estos trastos eléctricos me recuerdan al señor alcalde; muy elegante y aparente por fuera, pero según cuentan solo se pone en marcha cuando se enchufa a la Viagra.

—Pero cuando funcionan bien, esos «trastos» suelen ahorrar mucho trabajo.

—No —fue la rápida respuesta—. No ahorran trabajo; lo quitan, que es distinto.

—¿Y cuál es la diferencia?

La mujerona asomó la cabeza por la ventana de la cocina con el fin de contestar con marcada intención:

—Cuando ahorras lo estás haciendo por tu propia voluntad; cuando te lo quitan es por voluntad de otros.

—Puede que tenga razón.

—¡La tengo!

Desapareció dejándolo un tanto sorprendido, no solo por la lucidez de la respuesta, sino también por el hecho de que hubiera empleado un número de palabras impropio de su habitual forma de comportarse.

Su sorpresa aumentó cuando al poco la escuchó cantar, ya que además lo hacía con bastante gracia y buena voz, por lo que le gritó:

—¡Nunca la había oído cantar!

—¿Y para qué iba a hacerlo, si siempre tiene la música a todo trapo? No era cosa de hacerle la competencia a Maria Callas.

—Eso también es verdad. ¡Donde esté la Callas...!

Al rato comenzó a llegarle olor a cordero asado con un aroma ligeramente distinto del habitual debido al fuego de leña, y cuando Vicenta colocó la humeante bandeja en el centro de la mesa le indicó con un gesto la silla del otro lado.

—¡Siéntese! Como comprenderá no voy a comerme todo esto.

—Me lo acabaré en la cocina.

—Prefiero que lo haga aquí mientras charlamos, aunque me consta que no le gusta hablar.

—Con todos los respetos, el problema no es que a mí no me guste hablar, sino que a usted no le gusta escuchar. Y lo entiendo, porque usted fue a la universidad y yo no llego ni tan siquiera a la condición de pueblerina puesto que nací en un perdido caserío de montaña.

—Y muy bonito, por cierto.

—No lo es tanto cuando tienes que salir a ordeñar en plena nevada.

—Me encanta el olor a establo.

—Se nota que no duerme con alguien que apesta a establo. ¿Le ha contado el incidente a la señora?

—El teléfono no funciona.

—¿Y el móvil?

—Se ha descargado.

—¡Pues qué bien...! ¡Tanta modernidad para esto!

—Si me encuentro mejor, mañana bajaré a llamarla desde el pueblo.

Pero al día siguiente no se encontraba mejor. La mayor parte de las quemaduras no le molestaban, pero los nervios parecían estallarle, por lo que temió estar al borde de un infarto y no le apetecía conducir en tales condiciones por unas endemoniadas carreteras flanqueadas de barrancos.

Vivir «lejos del mundanal ruido» tenía grandes ventajas y notables inconvenientes, pero consideró que no tenía derecho a quejarse, puesto que no resultaba habitual que en aquellas fechas se desatasen tormentas de semejante magnitud.

Al recordar el incidente, un diminuto rayo parecía

recorrerle el cuerpo correteando de los pies a la cabeza para acabar por detenérsele en la boca del estómago, y en ocasiones imaginaba que si en esos momentos aferrara una bombilla conseguiría encenderla.

Pasado el mediodía hizo su inesperada aparición Vicenta, puesto que, aunque durante el verano tan solo acudía a atenderlo tres veces por semana, había decidido echarle una mano visto que los electrodomésticos continuaban inservibles.

Traía consigo, y como si se tratara de un valiosísimo tesoro, un llamativo teléfono móvil de color rojo, adornado con flores azules, que extrajo con sumo cuidado del bolso antes de colocarlo sobre la mesa y mostrarlo orgullosamente.

—Mi hija solo me lo ha prestado bajo amenaza de no dejarla salir de casa en dos semanas, y cuando me lo dio cualquiera diría que le estaban arrancando una muela. Llame a la señora y pídale que venga, porque tiene usted muy mal aspecto.

—No puedo.

—¿Por qué?

—No recuerdo su número.

—¿Cómo dice...?

—Que nunca he sabido su número de móvil. Lo llevo grabado en la memoria del mío por lo que se marca automáticamente.

—¡Carajo! Esa sí que es buena. ¿Tampoco tiene un listín telefónico...?

—Lo tengo.

—¡Pues consúltelo!

—No puedo.

—¿Por qué?

—Porque el listín de direcciones y teléfonos lo guardo en el ordenador, y sin electricidad no funciona.

La estupefacta mujerona dejó escapar una sonora palabrota y tras pedir perdón se dejó caer en una silla al tiempo que agitaba la mano como si todo aquello se le antojara demencial.

—Ustedes sí que se complican la vida. Yo solo tengo que gritar «¡Ceferino!» para que mi marido se presente al instante, porque de lo contrario lo corro a escobazos.

—Los tiempos cambian.

—¡Ya veo, ya...! Ceferino es un alfeñique, apesta a establo y compite con la mula a la hora de ser bruto, pero si le digo que me voy a pasar el verano en la playa me descalabra.

—Será porque no confía en usted.

—Tal vez, pero le aseguro que preferiría que me atizara con la garrota a que me dejara ir. Y en eso los tiempos no cambian.

Se alejó refunfuñando y su interlocutor oyó que trasteaba lavando platos, partiendo leña y encendiendo el horno mientras no cesaba de rezongar contra un mundo que se estaba volviendo estúpidamente moderno.

Al cabo de un largo rato, y tras dejar de observar el aparatito rojo moteado de flores azules que continuaba sobre la mesa, acabó por admitir que tal vez a la buena mujer no le faltaba razón y debería replantearse ciertos puntos de su relación matrimonial, aun a costa de tener que pasarse horas tendido sobre la arena de una playa, observando a Claudia mientras se sumergía en las profundidades de unas aguas que imaginaba infestadas de monstruosas criaturas.

Tal vez tampoco sería mala idea intentar aprender a nadar.

Capítulo Dos

Aún tuvieron que pasar otros dos días antes de sentirse con suficientes ánimos para enfrentarse sin aprensión a las treinta y cinco curvas de la endemoniada carretera, y cuando finalmente lo hizo, circuló tan despacio que tardó media hora más que de costumbre.

Cuando avistó las primeras casas de Pozoviejo detuvo el coche en el arcén y respiró hondo para tranquilizarse, porque tras toda una vida de hacer idéntico recorrido sin el menor problema, por primera vez se sentía indispuesto y con náuseas.

Se impuso a sí mismo un merecido descanso durante el que se planteó que tal vez el incidente le había dejado secuelas que pudieran acarrear impredecibles consecuencias, por lo que si los golpes y quemaduras habían afectado órganos internos más valía saberlo cuanto antes.

Claudia era de las que acudían al médico a la menor indisposición, pero él siempre se había mostrado reacio a imitarla, alegando que el olor de los hospitales le enfermaba y la simple visión de una bata, fuera blanca o verde, le deprimía.

No obstante, con el tiempo las cosas parecían haber cambiado y empezaba a temer que aquella salud de hierro de la que tanto presumía hubiera sufrido un duro revés ya que sentía como si la mayor parte de las piezas de su interior continuaran intactas pero se hubieran desencajado.

Al cabo de un rato le gruñeron las tripas, recordó que apenas había desayunado y reemprendió la marcha en dirección a la tranquila cafetería en la que solía detenerse cuando bajaba a la ciudad, un lugar limpio y con buen servicio que ofrecía un excelente café con churros crujientes.

Sin embargo, en esta ocasión la amable regordeta que solía atenderle parecía nerviosa y de mal humor.

El café estaba aguado, y los churros, babosos, pero cuando alzó la mano con intención de protestar advirtió que tanto la camarera como un gran número de parroquianos no hacían más que parlotear por sus teléfonos móviles. Sus gestos eran casi compulsivos y algunos elevaban demasiado la voz, renegaban, insultaban a sus interlocutores e incluso maldecían al «puñetero aparatito» que les fallaba cuando más falta hacía.

—¿Qué ocurre?

Un anciano que leía el periódico en una mesa cercana le respondió con innegable sorna mientras indicaba a varios de los parroquianos:

—Por lo visto algo se ha estropeado y las llamadas se entrecruzan; aquel intenta hablar con su mujer y le sale una carnicería de Murcia, y a ese otro le han llamado tres veces desde Bilbao, donde no conoce a nadie. ¡Andan como locos!

—Es que la tormenta fue de aúpa...

—¿Qué tormenta?

—La del sábado.

—No sabía que hubiera habido tormenta.

—Pues la hubo.

El anciano lo miró con aire dubitativo y acabó por encogerse de hombros al tiempo que elevaba el periódico ocultándose tras él como si con ello diera fin a cualquier tipo de contacto.

—¡Si usted lo dice...!

Lo único que sacó en claro fue que, como de costumbre, la primera página del diario estaba dedicada a la corrupción política en todas sus facetas, que a decir verdad comenzaban a ser infinitas, y que un equipo francés ofrecía casi cuatrocientos millones de euros por un escuchimizado jugador de fútbol, lo cual venía a significar la aberrante cifra de casi seis millones por kilo.

Por primera vez abandonó el agradable local malhumorado y descontento, preguntándose cómo era posible que cuanto mayor fuera la crisis menor parecía ser el interés de la gente en hacer bien su trabajo. Era como si se sintieran derrotados de antemano, sabiendo que por mucho que se esforzaran jamás conseguirían progresar debido a que entre políticos y empresarios había ido tejiendo ladinamente una tela de araña que les impedía dar un solo paso de cara a un futuro mejor. Era como una condena a permanecer donde estaban e incluso a dar las gracias, cuando no les obligaban a retroceder.

Las calles aparecían repletas de gente detenida en las esquinas o en los quicios de las puertas hablando a gritos con no se sabía quién, y le sorprendió que un guardia urbano también lo hiciera aun a riesgo de ser atropellado por cualquier conductor igualmente distraído.

Se acercó a la oficina de la caja de ahorros, en la que la mayor parte de los empleados iban de un lado a otro desconcertados, debido a que, al igual que habían dejado de funcionar los móviles, también lo habían hecho las redes de internet. Se habían visto obligados a desconectar la mayor parte de unos ordenadores donde lo mismo hacía su improvisada aparición la foto de una señorita desnuda que la orden de ingresar diez millones en una cuenta desconocida.

El director, al que conocía desde niño, se llevaba las manos a la cabeza y casi sollozaba mientras le hacía pasar a su despacho:

—¡No lo entiendo! ¡No lo entiendo! Si me descuido me vacían las cuentas de un centenar de clientes. ¿Qué necesitas?

—Dinero.

—¿Cuánto?

—Cinco mil euros... ¡Para una vez que bajo al pueblo!

El otro cerró la puerta, tomó asiento en su butaca y le alargó un cheque de ventanilla al tiempo que susurraba:

—Llévate veinte mil.

—¿Y eso?

—Siempre has confiado en mí, ¿no?

—¡Naturalmente!

—Pues hazme caso, porque me dolería perder a un buen cliente y amigo. Lo que está ocurriendo supera lo imaginable y por si fuera poco he recibido órdenes de mis jefes que van contra mis principios, pero que no puedo desobedecer si no quiero acabar en el paro. Jamás imaginé que tendría que decir esto, pero creo que donde más seguro está tu dinero es bajo un ladrillo.

—Me asustas.

—El miedo suele ser contagioso; anteayer recibí una orden de embargo de setecientos euros porque por lo visto no habías dado de baja un coche hace quince años. Intenté avisarte, pero tu teléfono no funcionaba, así que ordené que se pagara para evitar sobrecargos.

—No tengo ni idea de qué me hablas.

—Lo imagino, pero cosas como esa y multas absurdas y evidentemente malintencionadas están llegando a diario. Por eso insisto: llévate ese dinero y arréglatelas como puedas hasta que esta especie de «ciclogénesis de inmoralidad» amaine un poco.

—Me va a causar muchos trastornos.

—Más trastornos tendrás si una mañana te encuentras tu dinero convertido en «acciones preferentes» o en cualquier otro producto opaco que puede dejarte en la ruina. No todos tienen mis escrúpulos.

Salió a la calle sintiéndose no solo incómodo por llevar encima veinte mil euros distribuidos por todos los bolsillos, sino inquieto por el hecho de comprender que aves carroñeras planeaban sobre cuanto poseía.

Si la «información confidencial» que acababa de recibir era digna de crédito, y a su modo de ver lo era, cualquier día podía entrar a formar parte de la masa de infelices que a diario aparecían en los noticiarios reclamando que les devolvieran sus ahorros. Y no se consideraba más inteligente ni más preparado a la hora de proteger sus intereses contra las artimañas de individuos que habían estudiado en costosas universidades la mejor forma de apoderarse de los bienes ajenos en estrecha colaboración con una clase política que tal vez podía ser analfabeta, pero que evidentemente perseguía idénticos fines.

Se fue a almorzar meditando sobre cómo conseguir

que no lo expoliaran y no se le ocurrió ningún sistema que superara aquel concepto tan simple:

«Donde más seguro estará tu dinero será bajo un ladrillo.»

En su viejo caserón familiar abundaban los ladrillos, pero tan elemental concepto iba en contra de todo cuanto le habían inculcado desde la infancia.

Aquella novedosa denominación ligada a la meteorología, «ciclogénesis de la inmoralidad», le llevaba a suponer que el enorme barco en que todos navegaban comenzaba a hundirse, no a causa de un temporal, sino porque el capitán y sus oficiales se habían dedicado a abrirle vías de agua a sabiendas de que eran los únicos que tenían acceso a unos botes salvavidas con los que arribarían a una isla paradisíaca desde la que observarían tranquilamente cómo sus pasajeros se ahogaban.

¡Malditos fueran!

No se sentía con las fuerzas necesarias para regresar a una casa en la que ni siquiera había luz, por lo que decidió hospedarse en el pequeño hotel donde solían hacerlo cuando a Claudia no le apetecía encarar de noche una peligrosa y cada vez más descuidada carretera. Hacía años que no la asfaltaban, por lo que el riesgo de acabar despeñándose no había hecho más que aumentar.

La televisión de su habitación no funcionaba, o mejor dicho funcionaba con interferencias, cambiando a cada segundo de canal, por lo que de repente aparecía una película infantil y a esta sucedía de inmediato un concurso de adivinanzas o un noticiario en sueco.

Se quejó a recepción y le respondieron que no sabían por qué razón estaba ocurriendo lo mismo en todas las habitaciones del hotel e incluso en el resto del pueblo.

Enchufó el móvil aun a sabiendas de que no podría utilizarlo, pero al menos le sirvió para recuperar y apuntar los números que guardaba en la memoria. El proceso le resultó especialmente fastidioso, ya que los caracteres eran muy pequeños y se confundía con frecuencia.

Utilizó el teléfono fijo del hotel para comunicarse con el móvil de Claudia y le respondió su buzón de voz, por lo que dejó un mensaje rogándole que le llamara a la habitación 212.

Oscurecía, a través de la ventana tan solo se distinguía un solitario jardín, y como no tenía nada que hacer, y no había tenido la precaución de traer un libro, decidió ir al cine.

Por lo que recordaba siempre estaba casi vacío, pero en esta ocasión la cola llegaba a la esquina, visto que al parecer todos los vecinos de Pozoviejo se habían encontrado con idéntico problema «televisivo».

El local constaba de tres salas, pero aquella en la que proyectaban la película que le apetecía se llenó de inmediato, por lo que tuvo que conformarse con otra bastante mediocre pero que al menos tuvo la virtud de hacerle reír.

Al salir regresó al hotel, recogió un mensaje de Claudia en el que le comunicaba que volvería a llamarle a medianoche, cenó en un restaurante cercano que, sorprendentemente, también se encontraba a rebosar, y a la vista de que la televisión continuaba igual de caprichosa, regresó a ver la película que en verdad le apetecía.

Mientras esperaba a que comenzara la proyección cayó en la cuenta de que no recordaba haber acudido al cine dos veces en el mismo día, lo cual quizá también le ocurría a un gran número de espectadores.

Evidentemente, la avería que estaba afectando a la zona había tenido la virtud de sacar a la gente de su casa.

En este caso la película era muy buena, con un sonido magnífico y hermosos paisajes que se apreciaban en toda su grandiosidad, por lo que abandonó el cine francamente satisfecho, y puesto que aún faltaba media hora para la medianoche y hacía calor, decidido a tomarse una copa en una concurrida terraza.

Los clientes charlaban de mesa a mesa y la mayor parte de las conversaciones giraban en torno a la indignación que les embargaba por culpa de una «maldita tecnología» que les obligaba a sentirse prisioneros de sus propios aparatos, por más que dispusieran de libertad para ir donde quisieran.

—¿Cuánto cree que va a durar?

Observó desconcertado a una señora que se sentaba muy cerca, y cuyas lamentaciones su marido se había cansado de escuchar.

—Pues si quiere que le diga la verdad, no lo sé.

—¿Y quién puede saberlo?

—Supongo que los técnicos.

—Pues si tenemos que confiar en los técnicos del pueblo, vamos apañados. Para repararme la lavadora tardaron tres días.

—Pues tuvo mucha suerte.

—Su cara me suena, pero usted no vive aquí, ¿verdad?

—Más o menos...Vivo en Las Higueras.

—¡Ah, vaya! ¡Ahora caigo! Es el hijo de aquella señora inglesa tan agradable y elegante...

—Alemana.

—¡Eso! Alemana. A veces coincidíamos en la peluquería. Lamenté mucho su muerte.

—¡Gracias!

—Y su padre es todo un caballero... ¿Cómo se encuentra?

—También murió.

—Lo siento.

El paciente marido, que evidentemente conocía muy bien a su esposa, se sintió en la obligación de acudir en auxilio del acosado.

—Deja en paz al señor, querida... No se mete con nadie.

—¡Solo estamos hablando...!

—Tú hablas; él se limita a responder. Y es hora de irnos; va a empezar mi programa.

—¡Qué programa ni programa...! Hoy no tienes programa porque la televisión se ha vuelto loca y es la que suele condicionar la vida de la gente. Especialmente la tuya.

El pobre hombre permaneció unos instantes inmóvil, dudando entre marcharse o volver a sentarse, y tras encogerse de hombros como admitiendo que en esta ocasión su mujer tenía razón optó por extraer una cajetilla del bolsillo de la camisa y comentar:

—Por lo menos aquí puedo fumar. ¿Un cigarrillo?

—No, gracias.

Encendió el suyo pese a la desaprobadora mirada de su esposa, y mientas lo hacía inquirió:

—¿Y a qué se dedica usted, viviendo en un lugar tan solitario?

—Continúo el negocio familiar.

—¿Quesos...?

—Traducciones.

La mujer apartó con la mano a su esposo como si con ello pretendiera hacerle entender que aquella conversación la había iniciado ella y por lo tanto debía continuar interpretando el papel principal.

—¿Traducciones? ¿De qué idioma?

—Inglés, francés, italiano, alemán y ruso.

—¿Habla cinco idiomas...?

—Seis, si contamos el español.

—¿O sea que es polígamo?

No se atrevió a ofenderla señalándole que en realidad era políglota y no polígamo, pero no se vio en la necesidad de responder ya que ella añadió de inmediato:

—¿Y cómo lo ha conseguido?

—Estudiando, aunque ayuda mucho tener una madre alemana, un abuelo inglés, otro ruso y una esposa italiana. Y ahora les ruego que me disculpen; debo volver al hotel porque estoy esperando una llamada.

—¿Y por qué no le llaman al móvil...?

Su marido aprovechó la ocasión para vengarse, comentando con voz aflautada en lo que pretendía ser una cómica imitación de su forma de hablar:

—¿Cómo le van a llamar al móvil si los móviles no funcionan y son los que condicionan la vida de la gente? Sobre todo la tuya.

—¡Bocazas...!

De regreso al hotel no pudo por menos que sonreír al recordar la pintoresca charla, cayendo en la cuenta que hacía años que apenas se relacionaba con desconocidos y ese día lo había hecho, como en lo de ir al cine, por dos veces.

Al pensar en ello admitió que se había convertido en una especie de ermitaño encerrado en un enorme despacho atestado de libros, puesto que con el paso del tiempo había acabado por devenir en un apasionado amante de la palabra escrita en detrimento de la palabra hablada.

Cierto que dominaba seis idiomas, pero más cierto era que lo que en verdad le gustaba era desentrañar y trasladar al papel el sentido exacto de lo que había pretendido expresar el autor en su lengua vernácula.

En ocasiones tenía la sensación de vivir resolviendo un gigantesco crucigrama en el que tenía que participar no solamente por entender perfectamente lo que otros pretendían expresar, sino por ser capaz de conseguir que a su vez otros lo entendieran con absoluta nitidez en una lengua distinta.

Sus padres le habían inculcado el amor al trabajo realizado con minuciosa escrupulosidad, respetando al máximo las ideas ajenas sin aportar ninguna, según ordenaba un viejo dicho que constituía el primer mandamiento de un buen traductor:

«Si tienes tus propias ideas escribe tus propios libros.»

Él tenía ideas propias, algunas incluso brillantes dada la amplitud de su cultura, pero nunca conseguía expresarlas con claridad en ninguno de los idiomas que hablaba.

Conocía las palabras, ¡millones de palabras!, y su oficio era construir correctamente las frases, lo cual hacía muy bien cuando se trataba de trasladarlas de una lengua a otra, pero a su modo de ver lo hacía muy mal cuando se trataba de llevarlas de la mente al papel. Era como si el cerebro y la mano se desconectaran, ya que unos conceptos que en su origen parecían nítidos se opacaban entremezclándose sin orden ni concierto al escribirlos, expresando cosas tan diferentes que en ocasiones parecían impresos en otro alfabeto.

Claudia solía señalar que su problema estribaba en que, por el hecho de estar acostumbrado a trabajar sobre textos de grandes autores, se sentía empujado a menospreciar la calidad sus propios textos.

Tendido en la incómoda cama del hotel y mientras aguardaba a que sonara el teléfono le vino a la mente la historia sobre la que estaba trabajando últimamente y que en verdad había conseguido cautivarlo.

Era una novedosa interpretación del cuento de la reina que besaba a un sapo que se convertía en un apuesto príncipe con el que se casaba, pero en esta ocasión el autor había añadido a la conocida historia un inesperado ingrediente; por culpa de sus anteriores experiencias sexuales como sapo, en el momento del orgasmo el rey consorte comenzaba a croar desaforadamente, lo que excitaba a todos los batracios de la región, que no paraban de imitarlo hasta el amanecer. Como resultado de tan atronador concierto sus sufridos súbditos no pegaban ojo en toda la noche, por lo que al día siguiente no conseguían trabajar. Por si fuera poco se sentían avergonzados debido a que su antaño inocente y virginal reina se pasaba las noches fornicando desaforadamente, con lo que ya no veían a su marido como un apuesto príncipe, sino como un repugnante advenedizo que según las malas lenguas comía saltamontes y daba enormes saltos.

Aprovechando tan abierto malestar, el cruel y ambicioso monarca de un país vecino se lanzó a la tarea de derrocar a la reina con el fin de anexionarse sus territorios, pero esta, en lugar de atender a los ruegos de sus consejeros renunciando a las caricias de su excesivamente apasionado y sonoro amante, decidió huir con él a una lejana y hedionda charca, dejando a sus súbditos sumidos en la desesperación, la humillación y la esclavitud.

La desconcertante historia acababa cuando una coqueta rana besaba al príncipe, que volvía a convertirse en sapo y abandonaba a la reina a un amargo destino de vagabunda por la que nadie experimentaba la menor compasión.

El relato, simple en su concepto, se encontraba no obstante entretejido de sutiles matices que ahondaban en las raíces del espíritu humano y la naturaleza de sus pasiones, lo que dificultaba de forma extraordinaria su traducción a la hora de hacer llegar a la mentalidad de lectores de habla hispana la forma de ser y pensar de un escritor nacido en «la Tierra Pantanosa», que era la expresión con que al parecer los mongoles definían Siberia.

El autor, nacido en pleno corazón de la helada tundra, daba muestras de un sentido del humor ligado a la tragedia difícil de trasladar a quienes habían nacido y se habían criado a pleno sol.

Conseguir que no se rompiera tan delgado vínculo entre dos mundos tan distintos era lo que le fascinaba de su difícil profesión.

Capítulo Tres

—¿Qué ocurre?

—Que nada funciona.

—¿A qué te refieres?

—A todo.

—¡Aclárate...!

—Televisores, móviles, internet; aquí el mundo parece haberse ido al infierno.

—Volveré mañana.

—¿Para qué? ¿Qué entiendes tú de televisores, móviles o internet? Lo único que sueles hacer es apretar teclas para ponerlos en marcha y cagarte en su padre cuando no funcionan.

—Eso es muy cierto...

—Pues disfruta de tus vacaciones porque me las arreglo con Vicenta; lo único que quería era ponerte al corriente para que no te alarmes al ver que no respondo a tus llamadas.

—Lo cierto es que empezaba a inquietarme.

—Pues no hay motivo. ¿Qué tal los peces?

—¿Qué peces...? En este jodido mar ya no quedan peces. ¿Cómo va la traducción?

—Lenta pero segura.

—Aún no me explico cómo consigues entender un idioma que tiene ese puñetero alfabeto. Y ahora te dejo, que me estoy quedando sin batería. ¡Te quiero!

—Yo también.

Colgó sin haber mencionado el incidente de la tormenta, puesto que al fin y al cabo Claudia tampoco entendía de quemaduras y no era cuestión de amargarle unos merecidos días de descanso. Era una hermosa e inteligente mujer que había renunciado a la vida mundana aceptando recluirse durante la mayor parte del año en un remoto caserón de montaña en el que no podía hablar más que con su marido o con Vicenta, y por lo tanto se ganaba a pulso cada día que pudiera disfrutar del mar, el sol y las fiestas playeras.

En cuanto al delicado tema de las posibles infidelidades debidas más a la lejanía que al auténtico deseo de mantener una relación fuera de la pareja, era una cuestión que jamás surgía en sus conversaciones, ni siquiera en las más íntimas, debido a que daban por sentado que cuando se conocieron ambos eran adultos y estaban de acuerdo en que los celos constituían un equipaje inútil y engorroso cuando se aspiraba a realizar un placentero viaje a lo largo de una única vida que nunca se sabía cuán larga o corta llegaría a ser.

«Un polvo no basta ni para fabricar un ladrillo, y hacen falta muchos ladrillos a la hora de construir un hogar.»

Aquella desvergonzada afirmación de un autor cuyo nombre por desgracia no recordaba se había convertido en una máxima, aun a sabiendas de que en contadas ocasiones un polvo podía convertirse en un cartucho de dinamita capaz de destruir los cimientos de un hogar aparentemente sólido.

Por fortuna, los príncipes que croaban durante los orgasmos no abundaban; los amantes ocasionales solían ser mucho más discretos que destructivos, y era cosa sabida que los cuernos eran como las setas, que cuando quieren crecer brotan solas sin que nadie las haya sembrado ni abonado.

Durmió incómodo y dolorido, se despertó temprano tal como tenía por costumbre, puesto que solía emplear las primeras horas del día en sus largas caminatas por la montaña, comprobó que la televisión del hotel seguía tan disparatada como el día anterior y media hora después se plantó en la entrada del supermercado justo en el momento en que abría las puertas.

Deseaba comprar cuanto iba a necesitar durante no sabía cuántos días en una casa a la que tal vez tardaría tiempo en regresar la energía eléctrica, y además sospechaba que la descontrolada situación vivida el día anterior traería aparejada una lógica reacción de acaparamiento de productos básicos por parte de cuantos parecían estar siempre aguardando misteriosas señales cósmicas que anunciaran terribles cataclismos.

Se felicitó por haber sido tan previsor, porque al poco el establecimiento comenzó a llenarse de forma insólita y los empleados no daban abasto a la hora de atender a los clientes, e incluso comenzaban a producirse discusiones en torno a productos de gran consumo como el azúcar, el aceite o el café.

Los en general atestados expositores en los que solían exhibirse, con muy escaso éxito, viejas películas en DVD, aparecían en esta ocasión semivacíos, y los primeros que llegaban se iban llevando las pocas existencias que quedaban argumentando que mientras no se arreglara la avería y la señal de sus televisores continuara «comida de parásitos», al menos los aparatos les servirían para algo.

Abandonó el abarrotado lugar como quien huye del averno y jurando no volver aunque se estuviera muriendo de hambre, se vio obligado a soportar otra larga cola para repostar gasolina y lanzó un hondo suspiro de alivio cuando divisó en la distancia la altiva chimenea que tanto le gustaba encender durante las frías tardes de invierno.

Junto a ella le aguardaban la imprudente reina, el príncipe sapo y los diez mil personajes de los incontables libros que había traducido, algunos de los cuales parecían haber decidido quedarse a hacerle compañía visto que se trataba de un lugar por el que podían transitar sin ser molestados, tanto si habían sido creados por Hemingway como por Tolstói.

En el momento de aparcar lamentó que Claudia no estuviera aguardándole y se vio obligado a conformarse con la imponente figura de Vicenta, que surgió de la cocina secándose las manos, dispuesta a descargar ella sola el coche al tiempo que comentaba:

—Mi hija no para de llorar jurando que le he estropeado el móvil. ¡Menuda la ha liado!

—No lo ha estropeado; todo el pueblo está igual. Por lo visto se trata de una avería en el repetidor que envía las señales al valle.

—¡Pues menos mal! Ya me estaba exigiendo que le comprara otro nuevo. ¿Consiguió hablar con la señora?

—Solo por el fijo del hotel.

—Seguro que no le contó que casi le «electrojode» un rayo...

—¿Y qué habría sacado con contárselo? Como usted misma dijo estoy hecho un Cristo y ese dichoso «potingue» alivia mucho pero apesta a diablos. ¡Imagínese qué cara pondría viniendo de una playa en la que se pasean docenas de chicos musculosos!

—Es que lo de ustedes no tiene nombre, pero una no es quién para opinar, aunque mi madre me dio un consejo que siempre he seguido al pie de la letra: «Más vale limpiar casas ajenas y sacarle brillo al cipote de tu marido, que limpiar tu propia casa y sacar brillo a cipotes ajenos.»

—Deliciosamente vulgar pero muy expresivo.

—En mi familia somos así. Por cierto, mi primo, el que trabaja en la compañía eléctrica, me ha dicho que estaremos un par de días sin luz.

—¿Y el teléfono?

—Más mudo que mi cuñado.

—No sabía que tuviera un cuñado mudo.

—Y no lo tengo; está muerto, aunque para el caso es lo mismo; solo gruñía.

Se encontraba demasiado agotado para continuar con una charla disparatada, por lo que se fue a descansar y durmió hasta que la hiperactiva mujer fue a comunicarle que era hora de cenar.

—¿Qué hace aún aquí?

—He decidido quedarme a cuidarle, porque además de ese modo me evito ordeñar.

Era de agradecer, aunque no le habría importado quedarse a solas, siendo como era un hombre para el que la soledad constituía casi un vicio.

Tras cenar se sintió muy a gusto trabajando a la luz de las velas, puesto que siguiendo una antigua tradición familiar las traducciones las hacía a mano, utilizando folios color crema, con una letra grande, clara y espaciada, procurando no escribir una frase hasta saber que era la exacta.

Sus padres siempre se habían mostrado reacios a utilizar máquinas de escribir porque en su opinión las teclas invitaban a precipitarse, lo que obligaba a realizar engorrosas correcciones. El trabajo hecho a pluma se convertía en algo casi artesanal, tal como se merecía un texto brillante, y gracias a su desahogada posición económica podían permitirse el lujo de no aceptar ningún texto que no se les antojara ciertamente brillante.

En realidad para ellos el hecho de traducir no era una forma de ganarse la vida, sino un placer que les permitía agrandar los límites de sus conocimientos al tiempo que mantenían la mente inquieta y la memoria activa en una constante búsqueda de una palabra que encajara en un determinado texto, al igual que una diminuta pieza encajaba en un gigantesco puzle.

—Leer enriquece... Traducir bien aumenta esa riqueza.

De buenos padres, buenos hijos; de buenos maestros, buenos alumnos; de buenos padres-maestros, buenos hijos-alumnos, pero a menudo lamentaba que le hubieran inculcado una forma de ser y comportarse tan perfeccionista, puesto que ello le había impedido lanzarse a la aventura de intentar escribir por sí mismo dejando en total libertad su fantasía.

Y el mejor libro sin una pizca de fantasía era como el mejor guiso sin una pizca de sal.

Cerca ya de la media noche la habitación se iluminó

fantasmagóricamente, lo que le obligó a dar un respingo, y al poco le llegó el retumbar del trueno de una tormenta que había vuelto a estallar sin previo aviso. Docenas de rayos sin lluvia surcaban el cielo sobre la cima de las montañas, y pese a que caían muy lejos le invadió una casi insoportable sensación de angustia, temiendo que vinieran en su busca.

Por suerte se alejaron, pero aun así las manos continuaron temblándole al extremo de no poder sostener la pluma, como si se encontrara preso de absurdos presentimientos que estaban en contra de su habitual forma de entender la vida.

Comenzó a lamentar no haberle pedido a Claudia que regresara, no con el fin de cuidarle, sino porque comprendía que necesitaba un interlocutor al que hacer partícipe de sus inquietudes, ya que siempre había sido una mujer eminentemente pragmática, tan poco dada como él a excentricidades carentes de una base racional, y además poseía un espíritu crítico y una mente lúcida capaz de analizar los temas más espinosos sin el menor apasionamiento.

Se habían conocido en la Feria del Libro de Fráncfort, durante un ciclo de conferencias sobre la vida y obra de Alberto Moravia, escritor por el que ambos experimentaban una especial predilección, al punto que a las pocas horas se encontraban compartiendo cena y discutiendo sobre si preferían *La Ciociara* a *Los indiferentes*.

Claudia adoraba la forma en que Moravia mostraba sin tapujos los vicios y virtudes de sus compatriotas, mientras que a él le atraía la difícil sencillez con que desarrollaba sus espinosos argumentos.

—Es como un manso río que serpentea entre médanos

pero de improviso se despeña con furia para volver a sestear en el siguiente párrafo. Algún día escribiré como él.

Pero ese día nunca había llegado y al parecer nunca llegaría, porque intentar escribir como Moravia era tanto como aspirar a coronar el Everest sin haber conseguido ascender al Monte Perdido.

Tampoco era cosa de exigir demasiado, ya que si el italiano no le había ayudado a escribir mejor, al menos había servido para proporcionarle una excelente esposa.

Se durmió recordando el memorable papel que Sofía Loren había hecho en la versión cinematográfica de *La Ciociara*, y le despertó Vicenta anunciando que al fin se había presentado el técnico de la compañía telefónica, que al parecer traía buenas y malas noticias.

—Se supone que dentro de un par de horas arreglarán la avería eléctrica que ha afectado a una centralita auxiliar, por lo que confío en que mañana consigamos reparar también la línea telefónica. Pero me temo que seguirán sin poder utilizar el móvil, la televisión ni la conexión a internet.

—¿Y eso?

—Parecer ser, aunque nadie está demasiado seguro, que un cable de alta tensión cayó sobre la base de la torre de un repetidor y ha provocado una cadena de interferencias.

—¿Y cuánto va a durar?

—Si le digo, le engaño, porque han mandado a una docena de especialistas cargados con un montón de cachivaches, pero creo que no tienen ni idea de por dónde van los tiros.

—Resulta intrigante.

—¡Y tanto! Dicen que la caja de ahorros del pueblo

recibió una transferencia de casi cien millones que andaban flotando por el ciberespacio en busca de dueño, pero a la media hora ya se habían ido a otra galaxia.

Le invitó a desayunar y, mientras disfrutaban de los huevos con jamón y el fuerte café que preparaba Vicenta, intentó que el buen hombre le diera su opinión personal sobre tan inusual avería.

—Tal vez una súbita descarga eléctrica de alto voltaje cayó sobre la base de una parabólica de grandes dimensiones disparando una onda ultrasónica que rebotó contra uno de los miles de satélites de telecomunicaciones que giran a todas horas sobre nuestras cabezas, regresando luego a su lugar de origen... Pero tenga en cuenta que esa no es más que una de las muchas majaderías que vengo oyendo, mientras otros aseguran que se trata de un sabotaje.

—¿Y quién podría planear un sabotaje con la complicidad de una tormenta al extremo de conseguir que un cable de alta tensión caiga sobre la base de un repetidor?

—Supongo que uno de esos políticos que consiguen que les toque la lotería siete veces seguidas con el fin de justificar sus ingresos. No creo que se trate ni de un sabotaje ni de una avería; a mi modo de ver lo que ocurre es que estamos yendo demasiado lejos en el desarrollo de unas tecnologías que aún no dominamos y que acabarán hundiéndonos.

—De momento a mí ya me han hundido, porque tengo que entregar al editor casi cien páginas de una traducción que corre prisa, y si no puedo escanearlas y enviárselas por internet voy de cabeza.

—Pues imagínese cómo voy yo dando tumbos por esos caminos de Dios intentando establecer el diámetro de este desastre a base de ir poniendo la radio. Si no capto ninguna emisora, significa que aún estoy dentro del perímetro afectado; si consigo oírla, es que estoy fuera.

—¿Y en cuánto lo calcula?

—De momento en unos diez kilómetros, aunque todavía no puedo asegurarlo con exactitud, porque las montañas amortiguan el efecto, pero en las partes llanas el desmadre llega mucho más lejos.

—Debería ser al contrario. Las emisoras se suelen escuchar mejor en las zonas llanas.

—Debería, pero parece ser que este asunto va a contracorriente. Empiezo a creer que tiene razón mi tía Marta y es cosa de los camarrupas.

—¿Y quiénes son esos?

—Una especie de gnomos, pero con muy mala uva, que se entretienen en joder a la gente. Son los que suelen esconderte las llaves cuando tienes prisa, fundirte los plomos cuando estás viendo la tele o desinflarte las ruedas cuando más frío hace.

—Creo que en esta casa hay uno...

—¡Ni lo nombre...!

Las pintorescas explicaciones no aclaraban nada, pero lo cierto fue que a las dos horas ya había vuelto luz y al día siguiente funcionaba el teléfono.

Las cosas parecían querer normalizarse, pero cuando consiguió hablar con el director de la caja de ahorros el corazón le dio vuelco:

—Aquí todo sigue igual, o sea que no vale la pena que vengas a buscar efectivo porque no tengo. Y recuerda lo que te recomendé sobre los ladrillos.

Se trataba sin duda de un buen amigo que le estaba haciendo comprender de la forma menos comprome tedora posible que su dinero corría peligro, por lo que quince minutos después estaba duchado, afeitado, vestido y listo para emprender la marcha.

—¿Adónde va con tanta prisa?

—A la ciudad.

—Si usted va a la ciudad es porque vienen mal dadas. ¿Ocurre algo malo?

—Podría ocurrir.

La mujerona inclinó la cabeza con el fin de observarlo de medio lado y con un leve tono de sorna comentó:

—Me temo que se está volviendo hipocondríaco.

—No voy al médico; voy a buscar dinero porque en Pozoviejo no queda.

—En ese caso tráigame algo, porque al Ceferino le han dado un cheque que no ha conseguido cobrar. Cuando le reclamó al dueño del supermercado le ofreció pagarle los quesos con latas de conserva. ¡Imagínese! Como no arreglen ese maldito repetidor se nos acabará llevando la bruja.

Mientras conducía rumbo a una ciudad que detestaba por desangelada, sucia y maloliente, se vio obligado a reconocer que Vicenta volvía a tener razón en sus apreciaciones, porque cabría asegurar que un terremoto de máxima intensidad no habría causado tanto daño a Pozoviejo como el que ocasionaba una simple avería en las telecomunicaciones.

Cierto que no había habido víctimas y los edificios se mantenían en pie, pero era como si sus cimientos se hubieran removido desde lo más profundo, los muros exhibieran anchas grietas y los tejados permitieran que penetrara el agua inundándolo todo.

Un lugar tranquilo y hasta cierto punto bucólico por

el que los siglos habían ido pasando sin dejar otra huella que un pequeño acueducto romano, una vetusta iglesia románica y una mohosa ermita en la que se guardaban las reliquias de un santo medieval, había sufrido en cuestión de minutos, y sin que se removiera una sola piedra, un cambio muy superior al que había experimentado durante sus casi dos mil años de historia.

Y todo ello de forma invisible, silenciosa e inexplicable.

La repelente y pretenciosa capitalucha hacia la que se dirigía constituía casi el polo opuesto al agradable pueblo; falsamente moderna, triste, fea, «hormigónica» y tan mustia que a las nueve de la noche no quedaba un alma en la calle ni paseando a un perro.

Contra su costumbre, pero temiendo no llegar a tiempo al banco, cometió alguna que otra imprudencia, debido en parte a que desde el día del incidente no conseguía concentrarse en lo que hacía. Su mente parecía volar no en dirección a los difíciles momentos en los que se había visto al borde de la muerte, lo cual en cierto modo habría sido natural, sino más bien hacia una especie de espacio vacío por el que flotaba sin destino aparente y en el que tan solo se percibían infinidad de voces que le hablaban en infinidad de idiomas.

Consultó el reloj, aceleró aún más, esquivó por centímetros a un desalmado autobús que parecía considerarse dueño y señor de la carretera, y consiguió aparcar cuando apenas faltaban unos minutos para las dos.

El espacioso local no parecía en aquellos momentos la sucursal de un banco, sino la de un manicomio en el que los enfermos no fueran seres humanos, sino ordenadores, televisores o teléfonos móviles, y en el que alguien gritaba casi histéricamente:

—¡Nos han contaminado! ¡Nos han contaminado! Ese sucio pueblo nos ha contagiado su maldito virus...

Tuvo que esperar a que el enfurecido empleado se calmara antes de inquirir:

—¿Cuándo ha sido?

—Hace unos diez minutos.

Capítulo Cuatro

Regresó aterrorizado.

La experiencia que había vivido en la inhóspita ciudad parecía calcada a la de días antes en el pueblo, pero multiplicada por mil debido a que en esta ocasión la gente no contemplaba el hecho como una curiosa e inexplicable avería pasajera, sino como una auténtica tragedia, ya que les constaba que en el cercano Pozoviejo llevaban una semana inmersos en el caos.

Y no les faltaba razón, porque la caída de un cable de alta tensión sobre un repetidor situado a setenta kilómetros de distancia no bastaba para explicar que tanto tiempo después su ciudad sufriera idénticos padecimientos.

La palabra «contagio» había sido la más utilizada, la que corría de boca en boca, casi como si se escupiera o se tratara de la tan temida peste negra que antaño diezmara naciones e incluso continentes. Nada ni nadie conseguía detenerla cuando avanzaba como una sombra impalpable atravesando los muros de las fortalezas o las puertas de las ciudadelas y dejando a su paso un reguero de cadáveres. Luego, sin razón aparente, se esfumaba. Pero ya el mal estaba hecho.

Tras acabar el Siglo de las Luces se había iniciado el Siglo de las Tecnologías, y al parecer el destino de la humanidad había pasado a depender de unas impalpables ondas que se desplazaban por el espacio transmitiendo voces, imágenes o caracteres. Pero ahora esas ondas dejaban de comportarse como siempre lo habían hecho y parecían disfrutar retorciéndose y jugueteando sin tener en cuenta que se habían convertido en el pilar sobre el que se mantenía el inestable futuro del planeta.

Y se sentía aterrorizado debido a que había caído en la cuenta de algo que se le antojaba disparatado e inaceptable: al parecer el gran desbarajuste había comenzado en el momento en que él había llegado a «Pozoviejo», y de igual modo en el momento en que había llegado a la ciudad.

Tan solo existían dos posibilidades: o se estaba volviendo loco, o la auténtica razón del desastre era él.

—Me estoy volviendo loco.

A lo largo de su extensa carrera profesional había traducido algunos textos que profundizaban en las incontables anomalías del cerebro humano, y dadas las circunstancias consideró más práctico admitir que se estaba convirtiendo en un maniático cuya enfermiza mente le obligaba a suponer que estaba siendo testigo de desconcertantes acontecimientos, que tratar de explicar tales acontecimientos.

El cerebro podía llegar a ser un universo tan difícil de entender como el mismísimo universo, con la dificultad añadida e imprevisible de su asombrosa capacidad de cambiar de un segundo al siguiente.

Se desabrochó la camisa con intención de observar con detenimiento las llagas que le habían quedado como recuerdo de la tormenta, y no pudo por menos que preguntarse si no entraba dentro de lo posible que su mente se encontrara de igual modo cubierta de laceraciones.

Sin duda era así visto que las heridas de la piel ya apenas le molestaban, mientras que el recuerdo de tanta angustia y tanto pánico parecían querer seguirlo a todas partes.

Aunque, pensándolo bien, comprendía que su actual estado no se debía en realidad al incidente de la montaña, sino a cuantos se habían desencadenado con posterioridad, y que tal vez ni siquiera estaban relacionados entre sí.

Permaneció con la mirada clavada en el techo hasta que las emociones más que el sueño consiguieron derrotarlo, y cuando al fin abrió los ojos le sorprendió descubrirla sentada en la butaca sobre la que tenía la costumbre de lanzar sus bragas en el momento de meterse en la cama.

—¿Cuándo has llegado?

—Hace una hora.

—¿Y por qué has venido?

—Porque llamé mientras estabas fuera y Vicenta me contó lo que te había ocurrido.

—¡Maldita cotilla...! No ha sido nada...

—¡Nada y pareces un mapa! Lo que me sorprende es que estés vivo.

—¿Cómo has llegado?

—De milagro; el tren tan solo pudo entrar en la estación a diez por hora, la gente anda como loca, y al final me ha traído un taxista boliviano que no paraba de hablar asegurando que lo que está ocurriendo no es más que el preludio de una invasión alienígena, porque su país pasó por una experiencia similar hace cuatro mil años. ¡Y te juro que casi consigue convencerme!

—Y es que resulta más convincente que la teoría del cable de alta tensión que cayó sobre un repetidor...

Se puso en pie y se encaminó al cuarto de baño al tiempo que concluía:

—Lo discutiremos desayunando. Tengo un hambre canina.

Cuando hubo conseguido aplacar su «hambre canina» se sirvió una nueva taza de café mientras se echaba hacia atrás en la silla con el fin de observar mejor a quien se había limitado a verle comer.

—¿Crees que estoy loco?

—Siempre lo he creído, porque de lo contrario no te habrías casado conmigo.

—Hablo en serio.

—En ese caso admitiré que me casé contigo porque eras el hombre más cuerdo que había conocido.

—Quizás haya cambiado.

—No, al menos hasta que me acompañaste a la estación; a partir de ese instante no puedo saberlo, y de momento no te he visto papando moscas.

—Es que no hay moscas.

—Será por eso, o porque a la vista de lo que está ocurriendo te estás imaginando las mismas tonterías que el taxista.

—Es posible.

—¡Y tanto! Que seamos incapaces de entender los entresijos de las nuevas tecnologías no significa que nos hayamos vuelto locos, sino que el sistema en que fuimos educados no preveía que se iba a avanzar a tanta velocidad por tan intrincados derroteros. Me juego la cabeza a que Bill Gates no conoce cuál es el pensamiento social o la inquietud moral de Alberto Moravia.

—Ni falta que le hace, siendo uno de los hombres más ricos del mundo.

—Las cosas que no hacen falta son las que en verdad se aprecian; las que hacen falta nunca se disfrutan, simplemente se necesitan.

—¿Eso lo has traducido de algún libro?

—¿Acaso me consideras incapaz de tener un pensamiento propio?

—¡Dios me libre! Lo que ocurre es que en nuestra profesión a menudo no sabemos si somos nosotros mismos, o si somos aquel en el que hemos intentado transformarnos durante cierto tiempo. Nos comportamos como esos actores que de tanto interpretar un papel acaban por imaginar que son el personaje.

—¡Interesante teoría!

—Que no viene a cuento, porque aún no he conseguido aclarar lo que me inquieta. ¿Es posible que sea el culpable de cuanto está ocurriendo?

—¿Cómo has dicho?

—Que si te parece factible que, en el momento en que llego a un lugar, los móviles, los televisores y las redes de internet se desajusten.

—¿Es que te has vuelto loco?

—Esa ha sido mi pregunta inicial.

Claudia, mujer pragmática que no dudaba en admitir que lo que más le había atraído del que acabó siendo su marido era su forma de encarar la vida eligiendo siempre el camino de la lógica, tardó en responder, y cuando lo hizo resultó evidente que más bien buscaba un poco de tiempo para encontrar la respuesta apropiada.

—¿Estás hablando en serio?

—Totalmente.

—¡Vaya por Dios!

—No continúes dando largas y responde.

—Si así fuera, algo que ciertamente resulta inconcebible, nos enfrentaríamos a uno de los mayores problemas que se le habrían planteado nunca a nadie.

—¿Y es...?

—Que el progreso daría un gigantesco paso atrás.

—Veo que lo has entendido.

—No te confundas; entiendo lo que sucedería, no lo que está sucediendo.

—Lo que está sucediendo no lo entiende nadie, pero de lo que estamos hablando no es de las razones por las que un tren se sale de sus raíles, sino de sus consecuencias.

—Necesito una copa.

—¿A estas horas?

—Necesitaría una copa cualquiera que fuese la hora que me dijeras lo que me acabas de decir, ya que lo considero lo más descabellado que he oído nunca. Si he entendido bien, estás intentando hacerme creer que te has convertido en una especie de inhibidor, o mejor sería decir «mezclador» de ondas con patas.

—Más o menos...

—¿Y a qué se debe?

—Supongo que algo tendrá que ver con la tormenta.

—No parece una explicación muy científica.

—La explicación científica tendrán que darla los científicos, aunque dudo que la encuentren. Lo que importa son los hechos, y los hechos indican que miles de personas están viviendo una pesadilla...

Se interrumpió al advertir que un automóvil había hecho su aparición al final del largo camino de higueras centenarias, se detenía ante la puerta y de él descendían dos hombres, por lo que le gritó a Vicenta que les hiciera pasar al salón.

Los recién llegados formaban parte del «grupo de expertos» que habían enviado desde la capital con el fin de volver a poner en funcionamiento el repetidor averiado, pero no tardaron en admitir que se encontraban «confundidos», y que de momento lo único que estaban haciendo era intentar averiguar si en la zona afectada existía alguna fuente de energía capaz de interferir en el comportamiento de las ondas electromagnéticas.

—Nuestra única fuente de energía es una chimenea que tan solo encendemos a partir de octubre.

—¿Y motores?

—Los de los coches, pero visto lo visto estoy sopesando la posibilidad de instalar un generador para este tipo de emergencias que tanto complican las cosas.

—¿Nos permitirían echar un vistazo por si pudiéramos encontrar algo que nos sirviera de orientación? Reconozco que resulta poco usual, pero es que es la primera vez que se produce un fenómeno que desafía las leyes de la física.

—Considérense en su casa.

Al concluir un somero recorrido durante el que no hallaron mucho que ver, excepto una inmensa cantidad de libros que se amontonaban por todos los rincones, uno de los visitantes se atrevió a comentar en tono jocoso, aunque resultaba evidente que no estaba de buen humor:

—Va a resultar que los libros emiten demasiada energía.

—Tampoco sería de extrañar, ya que han hecho avanzar a la humanidad más que los barcos e incluso las locomotoras.

—¿Los han leído todos?

—Y algunos más.

—¡Qué cosas...!

Les invitaron a cerveza y jamón, pero aunque las cervezas estaban frías y el jamón era excelente, no parecieron disfrutarlo, comportándose como perros que estuvieran siendo apaleados por su dueño.

Estaban considerados ingenieros de alta cualificación que en buena lógica tan solo deberían haber necesitado media mañana para descubrir la raíz del problema y media tarde para solucionarlo, pero lo cierto era que llevaban días dando palos de ciego y convirtiéndose en el hazmerreír de la profesión.

—Aquí quisiera ver yo a esos que tanto nos critican, porque por estos pagos no hay más que campo abierto y plastas de vaca. Hemos comprobado los recibos de todas las casas de la zona, ninguna consume más energía de la normal y no existen fábricas o un mísero invernadero al que echarle la culpa.

—¿Y esas placas solares que se instalaron cerca del río?

—Están abandonadas, porque sin subvenciones el negocio resultó ruinoso.

—Pues a punto estuve de dejarme convencer para invertir en él.

—Suerte tuvo de no hacerlo. ¡Adiós y gracias!

—Vuelvan cuando quieran.

Cuando ya el vehículo se perdía de vista en la distancia, Claudia señaló:

—No creo que vuelvan.

—Esos no, pero si las cosas no se arreglan por sí solas vendrán otros, porque es mucho lo que está en juego.

—Tan solo los malos políticos creen que las cosas se arreglan por sí solas.

Capítulo Cinco

Las cosas no parecían querer arreglarse por sí solas y fue como si se hubieran convertido en modernos robinsones a los que no faltaba de nada, excepto las informaciones a las que estaban acostumbrados desde niños.

De tanto en tanto en la pantalla del televisor hacía su aparición la imagen de una locutora, pero lo que decía no solía tener sentido y la voz que se escuchaba correspondía a la retransmisión de un partido de fútbol o a la preparación de una receta de cocina.

El costoso aparato se había convertido en casi un mero objeto de decoración, bueno tan solo para sentarse a ver unas películas que ya se sabían de memoria, y ni siquiera intentaron conectarse a internet por miedo a que fuera más el daño que acarreara a la memoria del ordenador que sus supuestos beneficios.

Su único contacto con el exterior se limitaba al teléfono fijo, por el que solicitaban a los amigos que les mantuvieran al corriente de cuanto sucedía fuera de la «isla de silencio» en que se había convertido la zona en que vivían.

Se acostumbraron a ver pasar vehículos que parecían andar buscando fugitivos, así como a las visitas de nuevos «expertos» tanto más desorientados cuanto más tiempo pasaba sin que se aclarara el origen de tan incomprensible desaguisado.

Claudia continuaba dudando sobre la veracidad de la teoría del «inhibidor con patas», por lo que una noche decidieron aproximarse a una diminuta aldea cuyo único restaurante gozaba de la merecida reputación de servir la mejor carne en cien kilómetros a la redonda.

Al parecer el secreto estribaba en unas terneras que tan solo se alimentaban de pasto fresco y cuyos enormes chuletones se asaban en fuego de sarmientos tras haber pasado unos minutos sumergidas en un misterioso caldero al que ningún extraño podía acercarse a riesgo de recibir un sonoro coscorrón.

Salieron de casa de noche, como si se tratara de peligrosos salteadores de caminos, y fueron a detenerse a unos doscientos metros de las primeras luces, apagando los faros del vehículo y permaneciendo a la espera.

—Esto es una tremenda putada; mis padres me traían a comer aquí los domingos.

Pasaron los minutos.

Tan solo media docena de ventanas permanecían encendidas y tres pequeñas farolas iluminaban la única calle.

Al poco se escucharon voces y llamadas.

Alguien comenzó a maldecir a gritos.

¿Qué les ocurría a los televisores?

¿Por qué no funcionaban los móviles?

Regresaron por donde habían venido con una pesada carga a sus espaldas, sabiendo que habían causado un daño injusto y al parecer irreparable a quienes no les habían causado ningún daño.

Se sentaron en el salón, casi a oscuras, abrumados no solo por un amargo sentimiento de culpabilidad, sino sobre todo por la angustia.

—¿Qué vamos a hacer?

No obtuvo respuesta.

—¿Cómo voy a vivir sabiendo que dondequiera que vaya le destrozo la vida a la gente?

Tampoco obtuvo respuesta.

—Empiezo a creer que me he convertido en un monstruo.

—Tal vez no seas un monstruo; tal vez lo que ocurre es que te has convertido en un elegido.

—¿Elegido para qué? ¿Para provocar el caos?

—O para poner un poco de orden en el caos. Una parte de Pozoviejo está furiosa o asustada, pero otra parece respirar a gusto, como si de pronto dejara de sentir la insoportable presión que les viene atosigando desde que comprendieron que las máquinas eran las auténticas dueñas de sus actos. La panadera incluso se sentía feliz comentando que por primera vez en años había conseguido hablar más de cinco minutos seguidos con sus hijos.

—En eso puede que tengas razón.

—La tengo. La otra noche me encontraba en un romántico restaurante a la orilla del mar en la que una joven pareja, los dos guapísimos, en lugar de hablar, besarse o meterse mano, se dedicaban a enviar mensajitos por el móvil como si se encontraran a mil kilómetros el uno del otro.

—¿Y qué hacías tú en un romántico restaurante a orillas del mar?

—Se supone que ligar, pero mi supuesto pretendiente se pasó más de una hora intentando enseñarme la infinidad de cosas que podía hacer con su nuevo móvil, y que le bastaba con apretar una tecla para saber si llovía en Chicago o quién estaba ganando las elecciones en Grecia.

—Me parece una falta de respeto; tú te mereces mucho más.

—¡Y tanto! A los postres le dije que iba al baño y supongo que aún me estará esperando, a no ser que ni siquiera reparara en que me había largado.

—¿Moraleja...?

—De tanto comunicarnos hemos dejado de comunicarnos.

—En otras circunstancias te diría que me habría gustado romperle la cara por haber menospreciado a una mujer tan excepcional, pero lo cierto es que estoy demasiado asustado como para tenerlo en cuenta.

—Nunca has sido pusilánime.

—Olvidas cómo suelo serlo en cuanto me acerco al mar. Y esto es peor.

—¡Ciertamente!

—¿Qué me harán cuando descubran que por mi culpa no se puede hacer una transferencia de cientos de millones ni espiar los móviles de jefes de gobierno?

—Enterrarte en un hoyo muy profundo.

—Tenía pensado llegar a los sesenta.

—También yo, pero veo que mal camino llevamos. Y ahora dejemos de jugar a ser tan listos y empecemos a decidir qué vamos a hacer.

—Yo lo dije primero, pero tienes razón; como nunca hemos tenido que enfrentarnos a auténticos problemas, siempre estamos intentando epatarnos el uno al otro con estúpidas exhibiciones de ingenio, pero ahora el peligro es real y esa forma de jugar no sirve.

Su mujer se limitó a asentir con la cabeza aceptando que debido a su profesión llevaban demasiados años viviendo inmersos en lo que podría considerarse una especie de «empacho cultural», y a menudo tendían a comportarse como si acabaran de surgir de las páginas de una novela. Y eso era lo que quizás había ido convirtiendo su relación en algo lo suficientemente artificial como para llegar a aparentar indiferencia ante comportamientos poco habituales en un matrimonio bien avenido.

Por el mero hecho de disponer de suficientes medios económicos, trabajar en algo que les apasionaba, vivir aislados y no tener hijos, se habían convertido en una pareja atípica que siempre había vivido en el casi etéreo mundo de las letras, pero que de pronto se había precipitado de cabeza sobre el duro cemento del mundo de las ciencias.

—Lo primero que tendríamos que averiguar es a qué demonios nos estamos enfrentando. ¿Qué sabes sobre teléfonos móviles?

—Que juré que jamás tendría ninguno, pero al final caí en la trampa en que ha caído gran parte de la humanidad porque alguien ha sabido ingeniárselas a la hora de quitarle a la gente su trabajo, su casa, su dignidad e incluso a su familia, dándole a cambio las migajas de un aparatito cada vez más ridículamente sofisticado.

—A veces resulta útil.

—También resultan útiles los sacacorchos y no se han convertido en la esencia de nuestras vidas.

—No empieces de nuevo y concentrémonos en lo

que importa. ¿Tenemos algún libro que trate sobre el tema?

—Hace años traduje uno que trataba sobre una región del Congo donde se explota a los niños que extraen un mineral que resulta esencial para las nuevas tecnologías, pero no recuerdo cómo se titulaba.

—Supongo que estará en la biblioteca.

—Seguro.

—Pues vamos a buscarlo.

El mundo avanza a tal velocidad que amenaza con regresar a sus orígenes.

Al ver a unos infelices muchachos, la mayoría niños, trabajar doce horas diarias en unos yacimientos que cuando menos se espera se desplomarán sobre sus cabezas ahorrando a sus explotadores el trabajo de enterrarlos, no cabe por menos que preguntarse qué hemos hecho tan rematadamente mal para que nuestro futuro esté en sus manos.

Cuando el presidente de una multinacional envía un mensaje ordenando que se realice una transferencia por internet, lo envía gracias al esfuerzo de esos niños.

Cuando el piloto de un avión confía en su GPS a la hora de conducir a trescientos pasajeros a la seguridad de un aeropuerto perdido en una diminuta isla, lo consigue gracias al esfuerzo de esos niños.

Cuando un sofisticado satélite observa la Tierra enviando información sobre la dirección y la fuerza de un huracán, guarda su posición en el espacio gracias al esfuerzo de esos niños.

En la actualidad cuatro mil millones de seres humanos, es decir, más de la mitad de los habitantes del pla-

neta, depende de un modo u otro de un puñado de críos hambrientos.

Dentro de unos años la humanidad no será capaz de desenvolverse sin ellos.

Los medios más rudimentarios, palos, troncos, picos, palas, escoplos, martillos y unas manos que no han tenido tiempo de aprender a escribir, constituyen la base sobre la que se asienta la fabulosa tecnología punta del orgulloso siglo XXI.

¿Cómo se explica?

¿Acaso hemos sido tan inconscientes como para no darnos cuenta de que corremos ciegamente hacia el abismo?

Hace poco más de treinta años alguien, nadie sabe exactamente quién, comprendió que un metal casi desconocido, el tantalio, poseía propiedades físico-químicas casi mágicas, puesto que era mucho mejor conductor de la electricidad y el calor que el cobre, a la par que dúctil, maleable, de gran dureza, con un alto grado de fusión e inoxidable, ya que tan solo lo ataca un ácido fluorhídrico que apenas existe en la naturaleza.

Pese a que había sido descubierto en 1820 por el sueco Jakob Bercelius, que le dio el nombre en alusión a Tántalo, el hijo de Zeus que entregó la ambrosía de los dioses a los seres humanos, y al que su padre castigó condenándolo a sufrir sed eterna, nunca se le había prestado una especial atención hasta que a la luz de dicho hallazgo los fabricantes de toda clase de aparatos electrónicos encontraron el cielo abierto.

Se había dado el pistoletazo de salida a una dura competición en la que lo único que importaba era ganar.

Ganar dinero, ganar prestigio, ganar tecnología, ganar cuotas de mercado...

De la noche a la mañana los mostradores se abarrotaron de nuevos productos que atraían a millones de clientes fascinados por la idea de comunicarse con el resto del mundo por medio de un aparato que podían llevar a todas partes y cabía en la palma de la mano.

Con el nacimiento del nuevo siglo nacía de igual modo un nuevo concepto en la forma de relacionarse.

La carrera se fue acelerando hasta alcanzar un ritmo de vértigo.

La industria armamentista no tardó en comprender que con la naciente tecnología conseguirían que un misil disparado a cientos de kilómetros impactara con precisión milimétrica sobre un blanco determinado, aunque con frecuencia un error humano en el cálculo arrasara un hospital o destruyera un edificio cercano causando cientos de víctimas.

Los terroristas tampoco tardaron en comprender que el móvil les serviría para detonar bombas a distancia.

Por si ello no bastara, el ochenta por ciento de las reservas mundiales se localizaban en un solo país, la República Democrática del Congo, y eso venía a significar que el futuro de las nuevas tecnologías que se habían apoderado de la voluntad de los seres humanos se asentaba en un remoto punto del corazón de África.

El problema estaba servido.

La República Democrática del Congo debería ser una nación de una prosperidad apabullante, ya que cuenta con la tercera parte de las reservas mundiales de estaño, gran cantidad de uranio, cobalto, petróleo, oro, inmensos bosques y el mayor potencial de energía hidráulica conocido. No obstante, el noventa por ciento de sus habitantes malvive por debajo del umbral de la pobreza, e incluso de la miseria.

Por ello se han convertido en una presa codiciada por las grandes potencias, que han encontrado la forma de despojarlos de sus riquezas provocando un sinfín de guerras disfrazadas de enfrentamientos fronterizos o tribales que han costado la vida a casi cinco millones de seres humanos.

Estados Unidos, Francia, Holanda, Alemania y Bélgica, así como las empresas fabricantes de aparatos de tecnología punta, Alcatel, Compac, Dell, Ericsson, HP, IBM, Lucent, Motorola, Nokia, Siemens, AMD, AVX, Hitachi, Intel, Kemel o NEC, no parecen dispuestas a permitir que sea el gobierno del Congo quien imponga sus precios y decida a quién vende el coltán y a quién no, por lo que se limitan a aplicar el viejo dicho de «a río revuelto ganancia de pescadores».

Su estrategia consiste en sobornar a una falsa disidencia interna para que provoque alborotos al tiempo que incitan a los países vecinos, Uganda, Ruanda y Burundi, a intervenir militarmente y aprovechar la violencia para ir expoliando los yacimientos de forma descarada.

Leonardo da Vinci dejó escrito:

Se verán sobre la tierra seres que siempre estarán luchando unos contra otros con grandes pérdidas y frecuentes muertes entre ambos bandos. Su malicia no tendrá límites. Con su fortaleza corporal derribarán los árboles de las selvas. Cuando se sientan hartos

de alimentos, su acción de gracias consistirá en repartir muerte, aflicción, sufrimiento, terror y el destierro a toda criatura viviente. Su ilimitado orgullo les llevará a desear encumbrarse hasta el cielo, pero el excesivo peso de sus miembros les mantendrá aquí abajo. Nada de lo que existe sobre la Tierra, debajo de ella o en las aguas quedará sin ser perseguido o molestado y lo que existe en un país será traspasado a otro.

Y en otra de sus notas asegura:

Los metales saldrán de oscuras y lóbregas cavernas y pondrán a la raza humana en un estado de gran ansiedad, peligro y confusión... ¡Qué monstruosidad! ¡Cuánto mejor sería para los hombres que los metales volvieran a sus cavernas! Por su causa perderán la vida infinito número de hombres y animales.

Teniendo en cuenta los millones de muertos de esa interminable contienda y observando esas selvas arrasadas y los padecimientos que se reflejan en los rostros de unos muchachos que se saben en continuo peligro, no cabe por menos que preguntarse cómo es posible que hace quinientos años el indiscutible genio de todos los genios tuviera tal capacidad de visión del futuro.

Pondrán a la raza humana en un estado de gran ansiedad, peligro y confusión.

Ese es exactamente el punto en que nos encontramos ahora: ansiedad por lo incierto del futuro, peligro ante la evidencia de que la sociedad que hemos cons-

truido tan chapuceramente puede derrumbarse sobre nuestras cabezas, y confusión frente a unos brutales acontecimientos que nadie se siente capaz de explicar con la suficiente claridad.

Y es que la esencia del demoníaco juego que se plantea en la República Democrática del Congo estriba en que ha sido diseñado con la intención de que nadie consiga ganar, nunca.

Ni gobierno, ni hutus, ni tutsis, ni ugandeses, ni ruandeses ni las mismísimas Naciones Unidas que acudieran al rescate.

Es como una kafkiana partida de ajedrez en la que todas las piezas fueran peones que se movieran en las cuatro direcciones con la seguridad de que no existe rey, ni reina, ni posibilidad alguna de dar jaque mate al enemigo.

Es la guerra por la guerra, sin perseguir otro objetivo que aquel que han perseguido todas las guerras no religiosas desde la noche de los tiempos: obtener un beneficio ilícito.

—Evidentemente, Leonardo era un genio adelantado a su tiempo en todos los sentidos. Esa frase, «Pondrán a la raza humana en un estado de gran ansiedad, peligro y confusión», demuestra hasta qué punto era capaz de prever el futuro.

—Por algo era italiano.

—No empecemos con estúpidos nacionalismos...

—No empiezo, y volviendo al tema que analiza el libro, resulta evidente que los países que proporcionan las materias primas para las nuevas tecnologías sufren hambre, guerras y esclavitud, mientras que en los países a los que van destinadas esas nuevas tecnologías cada vez se eliminan más puestos de trabajo. Por lo visto los únicos que salen beneficiados son unos pocos privilegiados que controlan esas tecnologías.

—Como de costumbre.

—Pues sería un buen momento para intentar cambiar de costumbres.

—¿Cómo?

—No lo sé, pero por lo que nos está ocurriendo parece ser que el sistema tiene un talón de Aquiles que le obliga a cojear, y si consiguiéramos que esa herida se gangrenara, las todopoderosas empresas informáticas podrían acabar por derrumbarse.

—¡Un momento...! ¿No se te estará pasando por la cabeza la idea de plantarle cara al resto del mundo?

—Al resto del mundo, no. Solo a la pequeña parte del resto del mundo que está jodiendo a la mayor parte del resto del mundo.

—Habíamos convenido en dejar a un lado demostraciones de ingenio que no vienen a cuento. Lo que estás proponiendo es inaudito.

—Sin pretender dar muestras de ingenio, lo verdaderamente inaudito no es lo que estoy proponiendo, sino lo que está sucediendo.

—En eso te doy la razón, ya ves tú.

—¿A cuántos seres humanos se les ha presentado la oportunidad de modificar el curso de la historia, no ya de un país o un continente, sino de todo un planeta?

—Supongo que a muy pocos.

—Pues ahora resulta que, sin comerlo ni beberlo, te has convertido en uno de ellos, puesto que cada uno de tus actos puede repercutir sobre las cotizaciones de las bolsas mundiales, el movimiento de tropas en la frontera coreana o la política exterior de Rusia, Alemania y Estados Unidos.

—¡Qué tontería...!

—¿Tontería...? ¿Qué ocurriría si en estos momentos te encontraras en el centro de Moscú, Berlín o Nueva York?

—Prefiero no pensarlo.

—Pero como te conozco, me imagino que ya lo has pensado.

—¡Naturalmente!

—¿Y...?

—No creo que tenga derecho a interferir en la vida de tanta gente cuando no me siento capaz de determinar cuáles serían las consecuencias.

—Actuar de buena fe siempre es disculpable; no actuar por desidia siempre es condenable. Infinidad de veces la humanidad se ha hundido porque quienes podían haber frenado a tiempo su caída prefirieron mantenerse al margen. El ejemplo más reciente lo tenemos en los nazis.

—No es comparable.

—Lo es en cuanto que se trata de permitir que el poder, ya sea en forma de tanques, cañones, bombas nucleares o tecnología punta, se concentre en pocas manos. Si consiguiéramos despojar a los gobiernos, cualquiera que fuese su ideología, de sus medios de comunicación y su capacidad de influir en la opinión de las masas, esas masas empezarían a pensar por sí mismas.

—¿Y eso es bueno o es malo?

—Si se lo preguntas a los millones de parados de este país, te contestarán que es bueno, pero si se lo preguntas a sus miles de políticos, te dirán que es malo.

—¿Y si se lo pregunto a treinta millones de usuarios de telefonía móvil?

—Supongo que cada uno te responderá según sus circunstancias.

—Sea como sea, sigo opinando que no tengo derecho a decidir por los parados, ni por los políticos, ni por los usuarios de móvil.

—Es posible, pero existe otra forma de verlo. ¿Estás dispuesto a pasar el resto de tu vida siendo un prisionero que no puede alejarse más que una docena de kilómetros de su propia casa?

Aquella era una difícil pregunta a la que no podía responder ni con rapidez ni con ingenio, puesto que la situación exigía una profunda reflexión.

Si no quería seguir el ejemplo de los ineptos gobernantes que confiaban en que «las cosas se arreglaran por sí solas», tendría que «encuevarse» confiando en que cuantos iban y venían buscando «el foco de infección» que amenazaba el futuro de los poderosos no estrecharan tanto el círculo que acabaran por determinar que alguna culpa tenía.

Y en ese caso, tal como Claudia había asegurado, acabaría enterrado en la más profunda de las fosas.

También cabía la posibilidad de que lo diseccionaran como a un ser alienígena llegado de una lejanísima galaxia, lo cual no se le antojaba un futuro demasiado apetecible.

Cierto que a la mayoría de la gente le gustaba la idea de saberse diferente, pero no hasta tal punto.

Si por el contrario decidía presentar batalla aceptando que el destino, la naturaleza, Dios, o quienquiera que fuese, lo había elegido con el fin de dar un toque de atención a quienes parecían estar yendo demasiado lejos en su afán por convertirse en los únicos que detentaran la potestad de tomar decisiones que afectaban a miles de millones de seres humanos, corría el riesgo de ser perseguido y acosado como una rata que estuviera royendo los cables del teléfono, y a la que se hacía necesario eliminar a cualquier precio.

Dejó por ello que transcurriera un largo rato antes de señalar:

—Tendré que pensármelo.

* * *

—¿Y bien...?

El subsecretario de impoluto traje azul oscuro, impoluta camisa blanca e impoluta corbata a rayas tomó asiento al tiempo que hacía entrega a su compañero de carrera, que ahora ejercía más como ministro que como compañero de carrera, de un informe cuidadosamente encuadernado en piel.

—Aquí lo tienes.

—Sabes que no pienso leerlo porque no entendería nada; somos abogados, no electricistas.

—Creo que no se trata de electricidad, sino de ondas electromagnéticas, aunque si quieres que te diga la verdad tampoco lo tengo claro. En realidad los que lo han redactado tampoco parece que lo sepan. De momento lo único que han hecho es vigilar la zona tratando de minimizar la importancia del problema y asegurar que quedará solucionado en cuanto lleguen las piezas dañadas.

—¿Y de dónde tienen que venir esas piezas?

El sufrido subsecretario, que había alcanzado su cargo debido a una casi infinita paciencia y a una probada capacidad de no decir nunca nada que pudiese molestar a sus superiores, se limitó a responder:

—Esas piezas no existen, pero empezamos a sospechar que alguien ha conseguido diseñar algún tipo de aparato capaz de dispersar las ondas haciendo que pierdan su naturaleza y acaben entremezclándose.

—Pero ¿qué clase de tontería es esa? No entiendo mucho de física, pero se me antoja un disparate.

Su interlocutor se limitó a extraer del bolsillo el pequeño prisma de cristal que llevaba preparado y lo colocó sobre la mesa en un punto en el que daba el sol, al tiempo que señalaba:

—¿Ves cómo se descompone la luz y se vuelve de varios colores en el momento de atravesarlo? Se debe a que la luz blanca es la suma de varios haces de luz de diferentes longitudes de onda, que son desviadas de manera diferente.

—Eso ya lo sabía.

—El fenómeno se llama «dispersión», y por lo visto es el causante de las aberraciones cromáticas y del halo que se aprecia alrededor de ciertos objetos al observarlos con instrumentos que utilizan algún tipo de lentes.

—¿Y eso qué tiene que ver con lo que nos ocupa?

—Que tal vez *Polifemo* consigue lo mismo, pero con todo tipo de ondas.

—¿Y quién es *Polifemo*?

—Es el nombre en clave del sospechoso.

—O sea, que todo lo que sabemos es que existe un supuesto sospechoso al que se le ha puesto un nombre ridículo y al que nuestros «expertos» atribuyen habilidades insospechadas. ¿Es eso lo que contiene este informe?

—Más o menos.

—En resumen, que no tenemos nada.

—Nada, lo que se dice nada...

—¡Nada! Es como lo de la gripe aviar y las vacas locas, pero en tecnología; un momentáneo foco epidémico que se intenta aislar pero amenaza con descontrolarse.

—Por desgracia, sí.

—¿Y te das cuenta de lo que eso significa? Pueden poner al país en una especie de cuarentena tecnológica, cosa que nos convertiría en los parias de la humanidad, y lo único que se te ocurre es ponerle nombre a un imaginario terrorista cibernético.

—No se me ha ocurrido a mí, sino a los que se supone que saben de esto, y si consideras que mi renuncia puede servir de algo, en media hora la tienes sobre la mesa.

—Creo que la única renuncia aceptable sería la mía, o sea que deberíamos encarar el problema desde otro punto de vista buscando ayuda externa.

—Sería tanto como admitir nuestra incompetencia.

—Nosotros no hemos creado este monstruo, nos limitamos a alimentarlo, o sea que si ahora ha cogido la gripe que sean sus padres quienes lo curen. Llama a Garrido.

—En Washington aún es de noche.

—La obligación de un embajador es estar disponible las veinticuatro horas del día. Y este asunto es de la máxima prioridad.

Somnoliento y de manifiesto mal humor, Alfonso Garrido aceptó a regañadientes ponerse al teléfono pero a punto estuvo de dejar caer el aparato al escuchar lo que le comunicaban, por lo que tuvo que respirar profundamente antes de decidirse a responder:

—Lo que me estás pidiendo va contra todas las normas.

—¿Me crees capaz de sacarte de la cama si no lo considerara cuestión de vida o muerte? Aquí no hay normas que valgan, Alfonso; o arreglan este desaguisado o nos vamos al infierno.

—¡Que Dios nos ayude!

—Pues tendrá que saber mucho de tecnología de última generación.

—No es momento para bromas, y menos de tan mal gusto.

—Lo admito. Es momento de echarse a temblar.

Alfonso Garrido no sentía ganas de llorar, pero sí un insoportable dolor de estómago en el momento de rogarle al todopoderoso, prepotente y casi inaccesible Dan Parker que acudiera a la embajada con el fin de comunicarle que sus compatriotas no habían sabido resolver «un pequeño problema de telecomunicaciones». No obstante, su dolor de estómago se intensificó cuando, en lugar de obtener una respuesta despectiva, su aborrecido interlocutor admitió que no se trataba de un «pequeño problema de telecomunicaciones», sino del mayor quebradero de cabeza al que su sofisticada agencia se había enfrentado nunca.

—¿Qué imagina que hemos estado haciendo? ¿Cruzarnos de brazos? Ese asunto puede llegar a convertirse en una catástrofe de tal magnitud que aún no me he atrevido a ponerlo en conocimiento del presidente. A un solo banco, no puedo decirle cuál, se le han volatilizado casi tres mil millones de dólares sin saber cómo ni adónde han ido a parar. Oficialmente no debería reconocerlo, pero en estos momentos la mayor parte de nuestros satélites están centrados en un punto muy concreto de su país, aunque sin el menor resultado. El maldito *Polifemo* es francamente bueno.

—¿Quién es *Polifemo*?

—Ojalá lo supiera, pero es el nombre que le han puesto sus servicios secretos.

—¿Y cómo lo sabe?

—¡Oh, vamos! ¡Qué pregunta! Mi obligación es estar al corriente de todos los secretos de sus servicios secretos. Esperaba su llamada y usted sabe que la esperaba. Este es un tema demasiado importante para andarnos con las protocolarias ñoñerías habituales, porque o remamos juntos, o nos hundimos juntos.

—¿Alguna pista?

—De momento, no, pero nuestros expertos han trazado un perfil psicológico que puede sernos muy útil. Debe de tratarse de un muchacho con algún defecto físico, de entre quince y veinte años, y perteneciente a una familia desestructurada. Al ser poco sociable o sentirse rechazado ha debido de refugiarse en el mundo de las computadoras y sobre todo de los videojuegos, por lo que sospechamos que se ha construido una vida virtual que lo ha llevado a convertirse en un auténtico genio de la informática.

—Una teoría interesante...

—¡Y tanto! *Polifemo* tiene una personalidad obsesiva que le obliga a pasar la mayor parte del tiempo ante el ordenador, y aunque suponemos que su nivel cultural es bajo, posee un talento natural para todo cuanto se refiere a la electrónica.

—¿Y han conseguido saber todo eso sin tener la menor idea de quién es?

—Se ha avanzado mucho en el campo de los perfiles

psicológicos, lo cual nos ha permitido detener a violadores, asesinos en serie, terroristas e incluso delincuentes cibernéticos.

Alfonso Garrido se había enfrentado a infinidad de problemas a lo largo de una larga carrera diplomática durante la que creía haberlo visto todo, pero cuanto le estaban contando le dejaba ciertamente perplejo.

Debido a ello, y tras unos momentos de duda, señaló:

—Por lo que tenía entendido, el problema fue motivado por una tormenta que derribó las torres de alta tensión y un repetidor de señales.

—Eso no es exactamente así, ya que durante la tormenta no se detectaron anomalías. El verdadero problema se descubrió días más tarde y el «virus» comenzó a extenderse, aunque por fortuna de momento el área contaminada permanece estable.

—¿Y qué pasará si continúa estable?

—Que en su país habrá una especie de agujero negro de telecomunicaciones, por lo que quiero aprovechar la ocasión para pedirle que nos permitan enviar a la zona a nuestros mejores técnicos.

—Ya debería saber que eso es lo que quería proponerle.

—Pues en cuanto me firme una autorización nos pondremos en marcha.

Capítulo Seis

Llegaron tres inspectores serios, secos y bruscos que nada tenían en común con los desorientados y cabizbajos ingenieros que habían aceptado unas cervezas, y lo primero que hicieron fue exhibir una orden de registro que supuestamente les permitía incluso derribar la casa alegando que estaba en peligro la seguridad nacional.

Conectaron infinidad de aparatos cuyas indicaciones analizaron detenidamente y escucharon con suma atención a través de auriculares, dando la sensación de encontrarse en éxtasis. Más tarde golpearon repetidamente los muros buscando estancias secretas, inspeccionaron el suelo del sótano y husmearon tras cada libro, cada mueble y cada cuadro, comportándose como hurones que olfatearan el rastro de conejos que se encontraran muy cerca, pero a los que al parecer les resultara imposible acceder.

A las dos horas se dieron por vencidos, aunque era evidente que no parecían estar en absoluto convencidos.

—¿Únicamente tienen este ordenador?

—Nos sobra con él.

—Es casi una pieza de museo.

—¿Y para qué queremos otro, si ni siquiera se puede conectar a internet?

—¿Alguien más tiene acceso a él?

—La mujer de servicio, pero no sabe manejarlo.

—¿Móviles...?

—Esos dos, pero por lo visto ahora tampoco sirven de gran cosa.

—Pronto servirán.

Se les advertía molestos, pero sobre todo frustrados, mostrando a las claras su impotencia porque habían llegado convencidos de estar avanzando por el sendero correcto.

El que los comandaba, un mofletudo de gesto agrio y bigotito cuidadosamente recortado, los observó como si estuviera intentando leer en el fondo de sus mentes, al tiempo que inquiría señalando la enorme biblioteca:

—¿Son ustedes tan listos como parece?

—Se supone que somos cultos, que es diferente.

—Nunca me he fiado de la gente demasiado culta.

—Ni yo de la gente demasiado ignorante.

—¿Tienen idea de con quién están hablando?

Claudia intervino haciendo gala de un aplomo poco imaginable dado lo tenso de la situación.

—¡No! No la tenemos, pero le pediré a mi tío, el embajador, que presente una queja ante su ministro. No tenemos por qué soportar sus malos modos debido a que no sepan hacer su trabajo. Limítense a instalar un nuevo repetidor y dejen de molestar.

—Ya ha sido instalado.

—¿Y...?

—No funciona.

—¡Vaya por Dios! Me temo que este año te vas a quedar sin fútbol, querido.

Cuando los dejaron unos momentos a solas, él no pudo por menos que comentar admirado:

—Nunca imaginé que tuvieras tanta sangre fría.

—Recuerda que soy submarinista, y si a sesenta metros no conservas la calma, estás muerta.

—¿Desciendes hasta sesenta metros...?

—A veces.

—¡Qué horror...!

—A menudo, y casi siempre en verano, me pregunto por qué diablos me casé contigo si somos tan diferentes.

—Por eso mismo.

Fue a añadir algo, pero golpearon con discreción la puerta y al poco uno de los inspectores la abrió.

—Ya hemos terminado —señaló—. Lamento lo ocurrido, pero es que el jefe está muy alterado porque este maldito asunto le supera. Normalmente no es así.

—No se preocupe; no tiene importancia.

—¿Podría pedirles un favor?

—Usted dirá.

—He visto que tienen algunos libros repetidos. ¿Les importaría prestarme uno? En la papelería del pueblo ya no queda ninguno que no haya leído, y como la televisión sigue sin funcionar las noches se vuelven interminables.

—Llévese los que quiera.

—Prometo devolvérselos.

—No hace falta; en esta casa lo único que sobran son libros. Le recomiendo esos dos, y el de tapas rojas que está sobre aquel estante. Los hemos traducido nosotros y por lo tanto sabemos de qué hablamos.

El hombre se marchó feliz, puesto que sin duda le habían librado de horas de tedio contemplando el techo de la habitación de un hotel pueblerino.

—Me preocupan esos tipos.

—Y a mí. Por cierto, ¿cuándo nombraron a tu tío embajador en Madrid?

—Continúa en Lima, pero no me pareció necesario aclarar ese punto. De todas formas, me temo que esto no acabará aquí. ¿Qué podemos hacer?

—Disminuir la tensión.

—¿Cómo?

—Abriendo un nuevo frente que les distraiga.

—Explícate.

—Si tanto les asusta lo que está ocurriendo en el culo del mundo, imagínate cómo reaccionarían cuando ocurriera en una gran ciudad que se encontrara lejos de aquí.

—¿Quieres decir con eso que estás dispuesto a iniciar la lucha?

—¡En absoluto! Lo que pretendo es desviar la atención hacia objetivos importantes y actuar en consecuencia.

—¿Y cómo llegaríamos a un ciudad que se encontrase lejos sin ir dejando un rastro de incomunicación a nuestro paso? Me imagino que con tanta tecnología no tardarían en localizarnos.

—Eso resulta evidente.

—¿Y...?

—Tendremos que buscar una solución.

No parecía empresa fácil, puesto que, efectivamente, tal como Claudia había apuntado, en cuanto abandonaran la zona que se encontraba «contaminada», comenzaría a expandir dicha contaminación, de inmediato saltarían toda clase de alarmas y los expertos, que al parecer eran muchos, no tardarían en localizarlos.

La mayor dificultad a la hora de encontrar un sistema que les permitiera viajar sin provocar desastres estribaba en que no poseían conocimientos técnicos sobre tan enrevesadas tecnologías y en que, dejando a un lado el que se refería al coltán, entre los miles de libros que se amontonaban por todos los rincones de la casa no debía de existir ningún otro capaz de aclararles las ideas.

—Está claro que somos gente de otra época.

—En ese caso debemos intentar resolver nuestros problemas con métodos de otra época...

Respondiendo a tal filosofía, tres días más tarde viajaron a la odiosa ciudad que continuaba siendo un total desbarajuste y regresaron remolcando una pequeña caravana que habían conseguido de segunda mano pero en bastante buen estado.

Al verla, Vicenta no pudo por menos que comentar:

—¿Qué piensan hacer con esa perrera?

—Tomarnos unas vacaciones hasta que las cosas se arreglen por aquí.

—Pues dependiendo de si van a mar o montaña, uno de los dos se morirá de asco... ¡Si los conoceré yo!

No era cuestión de contarle adónde pensaban ir, así que se limitaron a repintar cuidadosamente el vehículo, aprovisionarlo de cuanto pudieran necesitar cargándolo de libros y diccionarios, porque una de las ventajas que ofrecía el hecho de traducir a mano era que podían hacerlo en cualquier lugar y bajo cualquier circunstancia.

Provistos de los mejores mapas y con ayuda de una enorme lupa y un lápiz rojo fueron trazando con toda minuciosidad la ruta que debían seguir para no atravesar lugares densamente poblados.

—Parecemos espías.

—Más bien parecemos espiados.

—¿Estás completamente decidido?

—La decisión no la he tomado yo; la han tomado ellos. Un gran general dijo: «Nunca acoses en exceso a un enemigo vencido; déjale una vía de escape, porque si se siente acorralado puede ser más peligroso que al comienzo de la batalla. Muchas guerras se han perdido por apurar en exceso la victoria.»

—Acabas de inventártelo.

—Es posible, pero no por ello es menos cierto; si nos hubieran dejado en paz, nada de lo que pueda suceder habría sucedido.

—Siempre he dicho que deberías haber escrito tu propio libro.

—Frases sueltas, casi siempre inspiradas por otras que he leído, no bastan para construir un libro, aunque tal vez algún día deberíamos contar lo que nos está ocurriendo.

—A condición de que sigamos vivos.

—Habrá que intentarlo.

Lo intentaron un viernes de madrugada, tal como solían hacer las familias que deseaban aprovechar al máximo el fin de semana, siguiendo al pie de la letra el itinerario previsto, de tal forma que al poco de salir el sol habían alcanzado ya su primer objetivo.

Se trataba de un solitario bosque que se extendía por las laderas de un grupo de escarpadas montañas, a unos cien kilómetros del punto de partida y a pocos metros de un mirador natural desde el que se distinguía un estrecho valle por el que discurría un riachuelo que en época de lluvias tenía la mala costumbre de convertirse en destructiva torrentera. Constituía un lugar perfecto para serenarse, recapacitar sin la presión de visitas inesperadas y plantearse una vez más si estaban haciendo lo correcto.

A él le agobiaba la idea de estar actuando con el único fin de salvarse, pero Claudia se mostraba absolutamente segura de sus razones, por lo que en un determinado momento señaló a modo de irrefutable argumento:

—Debemos hacerlo porque entre los años mil novecientos noventa y ocho y dos mil siete, los bancos negociaron derivados a futuro por un valor que supera los beneficios de todo cuanto han producido las industrias manufactureras del mundo durante el último siglo...

—No sigas, porque no tengo ni la menor idea de qué coño son los «derivados a futuro».

—Son operaciones financieras extremadamente arriesgadas en las que se juega con la diferencia entre el precio de un producto en el mercado en una determinada fecha y el precio que se ha acordado con anterioridad. Es como apostar a que tal día algo va a valer tanto, y se gana o pierde según se acierte a la alza o a la baja. Se trata de una economía ficticia, por lo que en la actualidad el mundo de las finanzas flota sobre una nube de dinero que nunca ha existido. A causa de ello las burbujas especulativas se sucederán y millones de personas continuarán perdiendo sus ahorros, sus puestos de trabajo y sus hogares.

—No sabía que tenías tantos conocimientos de economía.

—Eso no es economía, es estafa a nivel sideral. Este verano salí a cenar con un tipo que sabía mucho de esas cosas.

—Tus cenas de este verano empiezan a parecerme de lo más peculiares.

—¿Tú con quién cenabas?

—Con Vicenta. Y aprendí mucho sobre higos.

—¿Higos? ¿Qué clase de higos?

—Toda clase de higos. ¿Sabías que es uno de los alimentos más completos y antiguos que se conocen, el que más se consumió durante milenios por el «hombre recolector» y el primero que se aprendió a conservar secándolo? Por lo visto las higueras crecen en casi todos los terrenos y casi todos los climas, continentes, altitudes y latitudes. Las hay que apenas miden un palmo, mientras que otras alcanzan treinta metros de altura, con raíces tan fuertes que acaban destruyendo edificios.

—Me dejas atónita.

—Como tú a mí con esos dichosos derivados a futuro; la diferencia estriba en que Vicenta dormía en su cama y yo en la mía.

—Comentario asaz desafortunado, soez e inapropiado, puesto que al que cenaba conmigo no le interesaba yo sino Aldo, que como sabes mide metro noventa y es una mula.

—¿Ligó con él?

—Aldo es muy suyo y le dio una coz donde más duele. Y antes de preguntar lo que me consta que vas a preguntar, te aclararé que Aldo es un extraordinario compañero de inmersión al que puedo confiarle la vida, y por lo tanto alguien tan valioso que no conviene estropear la relación llevándoselo a la cama.

—Razón tiene Vicenta cuando dice que somos una pareja bastante rara.

—Más vale ser una pareja rara que se quiere, se respeta y aún se desea, que una normal que se aborrece, se insulta y ni se toca.

—Eso es muy cierto, y ya que hablamos del tema... ¿desde cuándo no lo hacemos bajo los pinos?

—Desde el día en que te picó un tábano en el culo. ¡Pero si estás dispuesto a arriesgarte...!

Se «arriesgó», porque durante los últimos días se estaban «arriesgando» casi con la misma pasión que cuando se conocieron, algo que no debía achacarse a que se sintieran más jóvenes, sino al hecho de abrigar en lo más profundo del subconsciente el temor a un final demasiado prematuro.

El hecho de lanzarse a una lucha sin la menor esperanza de victoria, contando con el otro como único aliado y apasionado cómplice, inclinándose sobre un mapa buscando con ayuda de una lupa un punto idóneo en que plantar cara a sus hipotéticos enemigos, tenía la virtud de revitalizar de forma sorprendente la atracción mutua que siempre habían experimentado, al punto que en ocasiones no podían evitar echarse a reír tras hacer el amor como desesperados y derrumbarse felices y satisfechos.

—Esto es mucho más efectivo que la Viagra.

—Y más barato, aunque me temo que a la larga nos va a costar más caro.

—Habrá valido la pena.

Capítulo Siete

Se instalaron cómodamente, disfrutaron de una magnífica cena a la luz de una luna que jugaba a filtrarse entre las ramas de los árboles, permanecieron a ratos en silencio atentos a las llamadas de las aves nocturnas, y a ratos evocando viejos tiempos durante los que, como siempre suele ocurrir cuando se acude a los recuerdos, la vida era mucho más sencilla, mucho más feliz y sobre todo mucho más divertida porque como rezaba una vieja canción marinera:

> *El tiempo es al amor*
> *lo que a la vela el viento.*
> *Si sopla con suavidad lo llevará muy lejos.*
> *Si sopla con brusquedad lo acabará rompiendo.*

—Los políticos actuales son tan mediocres que contagian su apatía, por lo que apenas dan pie para un mal chiste.

—¡Mientras no seamos nosotros los que acabemos convertidos en un mal chiste...!

—A partir de mañana dependerá de ti.

—Lo sé, y me asusta.

Sus razones tenía, puesto que al día siguiente y a partir del momento en que desengancharon el coche y dejó atrás la caravana, Claudia se vio obligada a conducir con infinito cuidado, no solo atenta al peligroso sendero que en ocasiones bordeaba un precipicio, sino a la posible aparición de tendidos eléctricos, torres de repetición o antenas parabólicas.

Las advertencias de su marido habían sido muy claras:

—No tengas prisa y busca zonas por las que podamos avanzar sin provocar interferencias. Las casas aisladas no representan peligro, pero las aldeas sí. Lo que en verdad me preocupa es que no seas capaz de encontrar el camino de regreso.

—Tengo una brújula, y recuerda que me he pasado media vida en el mar.

—En el mar no hay bosques, ríos ni quebradas.

—Pero el norte siempre está en el mismo sitio.

—La experiencia me enseña que las montañas a menudo se divierten engañando a las brújulas.

—¡Hombre de poca fe!

—Hombre cuarentón, que viene a significar lo mismo.

Y tenía razón, porque la brújula era sin duda un antiquísimo invento que había servido para descubrir nuevos mundos o permitir a los navegantes regresar sanos y salvos al puerto de partida, pero perdía gran parte de su eficacia cuando el vehículo se detenía ante una roca desprendida o un arroyuelo desbordado, obligando a buscar un nuevo camino y a retroceder varios kilómetros.

Lógicamente ese tipo de imprevistos no estaban marcados en los mapas, ya que tenían la mala costumbre de aparecer o desaparecer según las épocas del año, especialmente en la zona que habían elegido para iniciar su insólita aventura, una de las más agrestes y despobladas del país. Estaban convencidos de que en tan remoto lugar nadie los encontraría, pero también era cierto que les resultaría muy difícil encontrar a persona alguna.

Sin embargo, no fue así, puesto que apenas habían pasado un par de horas desde la marcha de Claudia, y mientras recorría los alrededores tratando de hacerse una clara idea de la exacta ubicación de los que consideraba ya su «campamento base», advirtió que algo se movía entre los árboles.

Se aproximó sigilosamente y descubrió a un hombre armado que permanecía muy quieto con la vista clavada en la maleza.

En un principio se alarmó, luego sospechó que se trataba de un cazador furtivo que aguardaba la aparición de un ciervo, pero volvió a alarmarse cuando advirtió que tomaba asiento sobre un árbol caído, se colocaba el cañón de la escopeta bajo el mentón y alargaba la mano intentando apretar el gatillo.

Lógicamente no pudo evitar gritar:

—Pero ¿qué hace...?

El desconocido se volvió a mirarlo y mientras se encogía de hombros replicó en un tono entre molesto y despectivo:

—¿Y a usted qué le parece?

—¿No pretenderá suicidarse aquí?

—Es el lugar más solitario que he encontrado.

—Nuestra caravana se encuentra a trescientos metros y nos va a estropear las vacaciones.

—También es mala suerte.

Se aproximó con el fin de acomodarse a su lado mientras comentaba:

—Si no le importa, me gustaría saber a qué se debe que haya elegido este lugar para tomar una decisión tan drástica.

—Es muy bonito.

—Pero solitario; pasarán meses hasta que encuentren su cadáver.

—Por eso mismo lo hago. ¿Sabe cuánto cuesta un entierro?

—¿Bastarían dos mil euros?

—¿Me está ofreciendo dos mil euros para que vaya a suicidarme a otra parte?

—No, pero se los daría para que se lo pensara una semana. Si continúa con la idea, puede volver y pegarse un tiro.

—Es usted un tipo muy raro.

—Tan solo soy alguien que suele reflexionar, sobre todo cuando se trata de algo que no tiene vuelta atrás.

—Ya nada tiene vuelta atrás.

—¿Acaso está enfermo...?

—No; no estoy enfermo, pero he dedicado treinta años de mi vida a levantar la mejor tienda de discos de la región, y cuando al fin empezaba a recoger los frutos de tanto esfuerzo, mis clientes dejaron de comprar discos porque podían descargárselos gratis por las redes de internet. Esas malditas redes permiten que todo sea gratis excepto las propias redes. Proporcionan una herramienta que permite robar el trabajo ajeno, pero destrozan a quien intenta robarles su herramienta.

Comprendió que aquel aspirante a cadáver devorado por bestias carroñeras había expresado con absoluta claridad lo que millones de seres humanos experimentaban al ver cómo sus vidas se derrumbaban, y tras meditar un largo rato mientras observaba de reojo a su acompañante, que continuaba aferrando con fuerza el arma, inquirió:

—¿Conserva esos discos?

—Miles, pero no me darían por ellos ni para un entierro decente.

—Pues si emplea esos dos mil euros en alquilar un camión y llevárselos a Pozoviejo, se los quitarían de las manos. Allí ya no llegan las redes de internet porque algo se averió.

—Recuerdo que lo comentaron en las noticias, pero como no se ha vuelto a mencionar el tema creí que se había solucionado.

—Pues no es así, y dudo que llegue a solucionarse, así que las cosas pueden tener vuelta atrás.

—¿Y por qué se preocupa por mí?

—Porque estamos aquí, puedo percibir su angustia y entiendo que en su lugar también yo la experimentaría. ¿Haría usted lo mismo por alguien a punto de suicidarse?

—Supongo que sí.

—Pues con eso me basta; y con imaginar que pronto habrá otras personas que volverán a pensar como personas.

—¿Le he dicho ya que es usted un tipo muy raro?

—Últimamente empieza a ser una opinión generalizada.

El otro descargó con cuidado la escopeta y se la entregó.

—No vale dos mil euros, pero es todo lo que tengo, aparte de los discos. El cartucho me lo guardo como recuerdo.

—Me parece buena idea, por si se le vuelven a ocurrir tonterías. Y ahora, si me acompaña, le invitaré a almorzar y le daré su dinero.

—Será mi mejor almuerzo en años. Por cierto, me llamo Diego Méndez. ¿Y usted?

—Prefiero que no lo sepa.

—¿Y eso...?

—Porque no me gustaría que algún día dijera: «Fulanito de Tal me echó una mano cuando más lo necesitaba.» Preferiría que dijese: «Un desconocido me echó una mano cuando más lo necesitaba.»

—Pero siempre es mejor que te ayude un amigo que un desconocido..., ¡digo yo!

—Pues comete un error, puesto que todo el mundo tiene un determinado número de amigos, mientras que el número de desconocidos resulta ilimitado, o sea que el cálculo de probabilidades se inclina abiertamente hacia estos últimos.

—Con todos los respetos, se me antoja una explicación un tanto absurda, o cuanto menos pintoresca.

—No tiene nada de absurda o pintoresca. ¿Cuántas veces se le ha pinchado un neumático en la carretera y tenía un amigo cerca para ayudarle?

—Que yo recuerde, solo una.

—¿Y cuántas se detuvo a ayudarle un desconocido?

—Varias...

—¡Pues ahí lo tiene...!

—No es lo mismo.

—Sí que lo es. Mientras avanzamos por la vida se

nos van pinchando las ruedas y necesitamos que alguien nos ayude a repararlas, no importa quién. Lo que importa es que luego no nos olvidemos de las ruedas de los otros.

—¡Cuando yo digo que es usted un tipo muy raro...!

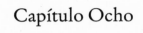

Capítulo Ocho

Claudia se mostró muy sorprendida al ver la escopeta, y más aún cuando su esposo le contó la curiosa historia del hombre que había estado a punto de suicidarse porque no conseguía vender discos.

—Lo que importan no son esos discos, sino lo que representan. Tendríamos que comenzar a preparar una lista denunciando todo aquello que debería volver a la normalidad.

—Será muy larga.

—Iremos anotando cuanto nos parece injusto o desproporcionado, por si llega un momento en que estemos en condiciones de negociar...

—¿Negociar...? Creí que lo que pretendíamos era destruir un sistema que lleva al precipicio, no aceptar componendas.

Ella lo observó un tanto perpleja y se detuvo en la tarea de aliñar la ensalada para dirigirle una severa mirada de reproche.

—Me he pasado ocho horas dando vueltas por caminos infernarles y casi no consigo volver, porque en estas puñeteras montañas la brújula continúa señalando el norte pero luego las cosas no se encuentran donde se supone que deberían estar.

—Ya te lo advertí; aquí arriba las brújulas pueden llegar a ser muy traicioneras.

—Lo sé, y admito que he pasado miedo y estoy agotada, pero por eso mismo no creo que tanto esfuerzo valga la pena si lo único que pretendemos es destruir por el simple afán de destruir. Podemos arrasarlo todo o determinar cuáles deben ser nuestros límites, porque no todo lo que arrasáramos sería malo.

—Tal vez tengas razón, pero nadie nos garantiza que nuestros límites sean los apropiados.

—Podríamos consultarlo.

—¿Con quién?

—Con los interesados.

—No acabo de entenderte.

—Pues es muy fácil; si de lo que hagamos o dejemos de hacer va a depender el futuro de millones de personas, deben ser esos millones de personas las que decidan lo que les parece bien y lo que les parece mal.

—¿Y cómo lo conseguiríamos?

—Utilizando las armas de aquellos a los que pretendemos combatir y en las que radica el origen del problema: las redes sociales.

—¿Y quién crees que va a ser tan estúpido como para oponerse a algo que usa?

—Todos aquellos que opinan que se abusa. Mientras almorzaba en un bar de carretera, estuve viendo cómo entrevistaban a un chico que había abandonado la carrera para dedicarse a jugar al póquer *on-line* durante diez horas diarias. Había conseguido ganar algún dinero y no solo alardeaba de ello, sino que los entrevistadores le aplaudían. A mi modo de ver eso incitará a miles de muchachos a seguir su ejemplo y dejar los estudios pese a que, como en todo juego, son más los que pierden que los que ganan. Muchos padres, que también usan las redes, opinarán que ese es un límite que nunca debería haberse traspasado.

—Y estoy de acuerdo.

—Pues ya tenemos el primer peldaño de una larga escalera.

—¿Que sube al cielo o baja al infierno?

—Dependerá de nuestro esfuerzo, de nuestra buena voluntad, y de ese don que se te ha concedido sin haberlo solicitado.

—¿Don o maldición?

—Eso tan solo lo sabremos cuando hayamos llegado a donde tenemos que llegar. Si es que llegamos a alguna parte.

—De momento en el camino estamos y mañana seguiremos.

Pero a la mañana siguiente les resultó imposible seguir.

Al abrir las cortinas, Claudia se quedó boquiabierta al comprobar que al otro lado del cristal de la ventana no había nada.

No era de noche, pero tampoco era de día.

Cabía imaginar que se habían sumergido en una gigantesca sauna en la que el vapor apenas dejaba pasar una ligera luz grisácea y se hacía necesario aguzar mucho la vista para imaginar, más que ver, el grueso tronco del pino que se alzaba a menos de tres metros de distancia.

Ninguno de los dos se había enfrentado nunca a una

niebla capaz de mantenerlos inmóviles y aislados durante dos días. Era como si un errante mar de nubes en continuo movimiento hubiera decidido hacer un alto en su agotador viaje hacia un horizonte que carecía de límites, tumbándose a dormitar sobre las mullidas copas de los árboles mientras rozaba con la punta de los dedos el agua del riachuelo que corría por el fondo del valle.

En un principio el fenómeno se les antojó molesto debido a que retrasaba sus planes, pero no tardaron en advertir que aquella prisión sin barrotes ofrecía el sorprendente encanto de poder dedicarse el uno al otro como si no existiera nada más en este mundo.

Sin televisión, radio, paisaje o tan siquiera la posibilidad de dar un paseo por miedo a que la niebla los convirtiera a su vez en niebla, aprovecharon el tiempo para comer, dormir, leer, hacer el amor y, sobre todo, hablar. Fue como redescubrir el placer de la conversación en sí misma, expresando ideas y sentimientos que siempre habían preferido mantener ocultos, no porque fueran secretos inconfesables, sino más bien por timidez o temor al ridículo.

—Te agradecería que procurases que me entierren de costado.

—¿A qué viene un capricho tan idiota?

—A que si morir significa el descanso eterno, me horroriza pensar que no descansaré como me gusta, porque jamás he conseguido dormir boca arriba. Los niños no crecen estirados en el vientre de su madre; lo hacen en posición fetal, que es la más lógica, y por lo tanto deberíamos acabar nuestra vida tal como la iniciamos y tal como la mayoría pasamos parte de ella.

—Empiezo a entender por qué te ocurren las cosas

que te ocurren, pero te prometo que lo intentaré, aunque para facilitar las cosas deberías intentar morirte en posición fetal:

—Haré lo que pueda.

—De todas formas, me resultará difícil encontrar un ataúd cuadrado.

—Suena a humor negro de baja estofa, pero como he sido yo quien ha sacado el tema, te disculpo. ¿A ti cómo te gustaría morir?

—Hundiéndome lentamente para acabar de comida para los peces, porque al fin y al cabo ellos han sido siempre mis mejores amigos, mientras que jamás he tenido ninguna relación con los gusanos. Ni siquiera con los de seda.

—Me parece justo.

—Me sorprende que últimamente estemos de acuerdo en tantas cosas.

—Los momentos difíciles unen a las personas o las separan, pero rara vez las mantienen indiferentes.

El tercer día amaneció despejado, como si la niebla hubiera sido un sueño del que despertaran de improviso, y por un lado lo agradecieron, aunque por el otro lo lamentaron, dado que a partir de ese momento carecían de disculpas para mantenerse inactivos, y lo cierto es que les atemorizaba enfrentarse a la ardua tarea que tenían por delante.

Claudia había ido trazando sobre el mapa diversas rutas por las que conseguirían avanzar sin demasiados riesgos, pero indefectiblemente llegaba un momento en que no existía forma humana de mantenerse lejos de zonas habitadas.

A partir de un determinado punto, a falta aún de casi

cien kilómetros para la frontera con Francia, el peligro resultaba innegable.

Dudaban sobre si el sistema que habían ingeniado para evitar ser detectados sería de utilidad, o si por el contrario en cuanto se acercaran a una ciudad la gente comenzaría a volverse tan histérica como de costumbre. Pero no les quedaba más remedio que arriesgarse.

Se pusieron en marcha; avanzaron a paso de tortuga, tuvieron que detenerse a cambiar un neumático reventado, y cuando al fin avistaron en la distancia un grupo de casas se desviaron hacia el este.

Era como el juego de la oca, diez kilómetros hacia delante y en ocasiones cinco hacia atrás, y cuando llegó lo inevitable debido a que la única carretera existente pasaba por el centro de un pueblo, Claudia se puso el volante mientras su marido se refugiaba en el interior de la caravana.

Habían cubierto las paredes, el techo y el suelo con una espesa capa de pintura a la que habían ido añadiendo con infinita paciencia limadura de plomo, pues habían averiguado que un teléfono móvil encerrado en una caja de ese metal no recibía señales y confiaban en que el efecto fuera el mismo pero a la inversa.

Esa era en esencia la teoría, pero, tal como suele suceder, de la teoría a la práctica se hace necesario recorrer un largo camino que demasiado a menudo concluye en un rotundo fracaso.

Y en este caso el fracaso no admitía componendas.

Atravesaron el pueblo procurando no llamar la atención, quince kilómetros más allá se apartaron de la carretera y se detuvieron en mitad de un bosquecillo, donde desengancharon la caravana para que Claudia volviera a comprobar si habían ocasionado algún destrozo a su paso.

Regresó con una botella de vino blanco y dos enormes langostas recién cocidas, comentando que nunca habría imaginado encontrarlas tan grandes y tan vivas en el restaurante de un pueblo tan pequeño y tan muerto.

Celebraron el éxito de su estratagema con un pantagruélico banquete, y el vino y el marisco no tardaron en hacer su efecto, debido a lo cual acabaron haciendo el amor con más ímpetu que durante su primera noche en Fráncfort, comportándose a ratos como niños traviesos y otros como un hombre y una mujer aterrorizados por las consecuencias de sus actos.

—No puedes pasarte el resto del viaje aquí dentro. En la frontera suele haber bastante más vigilancia y si ven a una mujer sola remolcando una caravana tal vez llame la atención.

—Lo sé.

—Si me paran y te obligan a bajar, la habremos jodido.

—También lo sé, y no he querido decírtelo porque imaginaba que te opondrías, pero ya había previsto que cruzaras la frontera sola mientras yo continúo a pie. Aunque te parasen, no ocurriría nada porque la documentación está en regla.

—¿A pie...? ¿Tienes idea de lo que eso significa?

—Un paseo de tres o cuatro días...

—¡Menuda paliza!

—Recuerda que te casaste con un senderista.

—Bastante magullado, por cierto.

—Eso sí.

Claudia intentó negarse alegando que no se encontraba en sus mejores condiciones físicas, pero pronto acabó admitiendo que aun así era una solución acorde con su forma de comportarse, dado que solía pasarse la mayoría de los veranos vagando por valles y montañas sin más compañía que un cayado y un buen libro.

—Tómatelo con calma, no tenemos ninguna prisa porque lo mismo da acabar con el mundo dentro de un mes que dentro de cuatro...

Eligieron cuidadosamente el punto en que deberían reunirse una vez en Francia y al alba se despidieron procurando no mostrar la angustia que sentían, puesto que quien se alejaba agitando la mano no era un hombre que partiera hacia la guerra o a eliminar peligrosas fieras: era un hombre que emprendía una larga y peligrosa caminata procurando eludir a un enemigo invisible.

En otras circunstancias tan solo habría sido, en efecto, «un tranquilo paseo» durante el que habría disfrutado observando los pájaros, pero por desgracia en esta ocasión sus viejos prismáticos tenían que permanecer más atentos a los tendidos eléctricos y las torres de repetición que a los nidos de las rocas o las copas de los árboles.

Amaba la soledad de aquellas largas caminatas en las que de tanto en tanto se sentaba a leer o a dormitar sintiéndose casi el único habitante del planeta, pero ahora incluso las ideas le pesaban y no podía dejar de pensar en la gravedad de lo que intentaba llevar a cabo.

Sabía que se estaba arrogando funciones que no le correspondían, y temía que llegara un momento en que se considerara a sí mismo un ser todopoderoso, una especie de dictador ante el que la humanidad debía inclinarse.

La egolatría es una semilla implantada en el cere-bro de todo ser humano y es tanto mayor cuanto me-nor es el tamaño de ese cerebro. En ciertos casos no le queda más remedio que dormitar, dado que no tiene razón válida alguna para germinar, pero siempre lu-cha por salir a la luz.

Enfrentarse a la propia egolatría suele ser una im-placable lucha que se gana o se pierde en la primera batalla, ya que hay que tratarla como un lobezno al que se hace necesario azotar en cuanto enseña los col-millos, porque de lo contrario acabará clavándotelos en el cuello.

Aquel retorcido siberiano que disfrutaba convirtien-do a los sapos en príncipes y a los príncipes en sapos pa-recía estar advirtiéndole sobre el peligro que corría si no azotaba a tiempo al lobezno que rondaba en su interior cada vez que se planteaba la posibilidad de enfrentarse al sistema.

Y es que aquel nuevo «sistema» no era uno de los tan-tos a los que tanta gente se había opuesto en tantos luga-res a lo largo de tantos siglos de historia; era un nuevo sistema que estaba muy por encima de los anteriores, tan-to que había conseguido que países antaño libres depen-dieran ahora los unos de los otros por culpa de unas redes de comunicación que, en cuestión de segundos, eran ca-paces de separarlos sin el menor reparo, aun a sabiendas de que ninguno de ellos sobreviviría por sí mismo.

Las redes de internet se habían convertido en los ner-vios por los que la mente enviaba sus órdenes hasta la última falange del dedo meñique del pie, y muy pronto llegaría un día en el que, si fallaban, el mundo se volvería parapléjico. Ni siquiera hacía falta la intencionalidad de quienes las controlaban; bastaría con un simple accidente, y el colapso alcanzaría tales proporciones que se volvería prácticamente irreversible.

Como una guerra atómica, pero sin átomos, sin millones de muertos ni ciudades arrasadas, pero con una humanidad incapaz de reaccionar debido a que en menos de treinta años había roto los puentes que la unían a miles de años de lenta evolución.

Lo que tanto esfuerzo costó materializar se estaba convirtiendo en obsoleto y desechable, al igual que un teléfono móvil admirado como un increíble milagro de la tecnología pasaba a ser obsoleto y desechable en cuestión de meses.

Él mismo, con su absurda manía de traducir a mano, era ya un personaje de otro tiempo, obsoleto y desechable.

No obstante se le había concedido la oportunidad de poner freno a tan enloquecida carrera, algo cuya razón continuaba preguntándose.

Su desconcierto aumentó hasta límites insospechados cuando, al despertar de una larga y bien merecida siesta, se encontró rodeado de ovejas mientras un impasible pastor lo observaba sentado en una roca con el mentón apoyado sobre las manos que se apoyaban a su vez en la curva de su cayado.

—¿Por qué las atrae?

—¿Cómo ha dicho?

—Que por qué razón las ovejas acuden a usted como las moscas. Jamás había visto nada parecido, y eso que llevo medio siglo tras ellas.

—Será mi olor.

El buen hombre aspiró profundo para negar al poco.

—Huele a pies sudados y a eso están acostumbradas, porque yo apenas me los lavo. Y aquí al perro tampoco le parece extraño.

—¿Cómo lo sabe?

—Siempre sé lo que piensa porque piensa poco. ¿Lleva algo en la mochila que pueda atraer a las ovejas de ese modo? Me encantaría saberlo, porque así podría reunirlas sin necesidad de silbar ni tirar piedras.

Él abrió la mochila y colocó sobre la hierba cuanto contenía.

—Puede que sea el libro; una vez una cabra se comió uno y nunca supe cómo acababa.

—No son cabras, son ovejas. ¿Qué lleva en la cantimplora?

—Coñac.

—Pues tampoco va a ser eso, porque a las ovejas no les gusta, aunque a mí sí.

Le gustaba, en efecto, y no dudó en admitir que aquel era el mejor coñac que había probado, por lo que dieron cuenta de casi media cantimplora.

Cuando decidió alejarse, con paso poco firme debido al efecto de la bebida, las ovejas lo siguieron, por lo que su dueño tuvo que echar mano de su extraordinaria puntería a la hora de tirar piedras con el fin de evitar que se alejaran, y en el momento en que se perdía ya de vista en la distancia le gritó:

—¡Es usted un tipo muy raro!

¡Qué manía...!

Capítulo Nueve

Durmió al raso.

Siempre había sido feliz durmiendo al raso.

Normalmente contemplaba las estrellas hasta que sus párpados descendían lentamente como el telón que pone punto final a un hermoso espectáculo, pero en esta ocasión ese telón parecía haberse atascado y la simpática comedia llevaba trazas de transformarse en horrenda tragedia.

Las estrellas, tan amigas aunque tan lejanas, amenazaban con no seguir velando sus antaño felices sueños de hombre sin problemas y conciencia tranquila, poco entre los pocos de los muy pocos que podían alardear de ello, debido a que ahora sus problemas conformaban un nuevo firmamento y su conciencia dudaba.

Le admiraba que Claudia nunca se cuestionase la legalidad o la viabilidad de su empeño, al extremo de que un par de días antes había afirmado sin la menor vacilación:

—Es legal, puesto que responde al mandato que has recibido, y tiene que ser viable, ya que de lo contrario no se habrían molestado en organizar semejante tormenta con tantos rayos, centellas y parafernalia.

—Lo dices como si estuviéramos obedeciendo una orden divina y te recuerdo que siempre has presumido de atea.

—Presumir de atea no significa que lo seas, al igual que presumir de tetas no significa que si te quitas el sostén no se te caigan hasta el ombligo.

—Muy gráfico, pero siempre has presumido de tetas y las tuyas aún se mantienen firmes.

—Gracias a que he usado sujetador desde que empezaron a crecerme, mientras que no he tenido nada que mantenga mi ateísmo en su lugar. Sigo sin estar convencida de la existencia de Dios, pero empiezo a considerar posible la existencia de una fuerza superior que ha dicho «basta».

—Te estás liando y me estás liando.

—No me estoy liando, ni te estoy liando. Creo que nos están liando, y te advierto que no me desagrada.

A él sí que le desagradaba, tal vez debido a que tenían caracteres muy diferentes, ya que él tan solo confiaba en la firmeza de las rocas mientras que ella confiaba en la inestabilidad del agua.

A su modo de ver el agua estaba muy bien cuando caía en cascadas o discurría por acequias, pero resultaba aborrecible cuando se perdía de vista en el horizonte.

Y Dios estaba muy bien en un altar, pero no cuando le exigía llevar a cabo una tarea superior a sus fuerzas.

Recordaba una novela en la que un personaje tenía el don de «aplacar a las bestias, atraer a los peces, aliviar a los enfermos y agradar a los muertos», y ahora le parecía tener el don de organizar el caos entre los humanos y atraer a las ovejas.

Raro habría sido que, siendo tan partidario de mantenerse alejado del mar, hubiera tenido de igual modo el don de atraer a los peces, a no ser que fueran truchas. Y siempre le había costado un gran esfuerzo pescarlas.

Durmió inquieto, quizá debido al peso de su responsabilidad o quizá por una leve resaca pese a que el coñac era excelente, y el amanecer le sorprendió ya en marcha por senderos que no parecían llevar a ninguna parte pero que se dirigían siempre al norte.

Subió a montañas agrestes y atravesó espesos bosques, para acabar por desembocar frente a un valle en cuyo centro, rodeadas de cuidados huertos, se alzaban una docena de casas de piedra con techo de pizarra.

Tres perros corrieron a recibirlo agitando el rabo, saltando y jugueteando como si lo conocieran de toda la vida.

—A ver si ahora va a resultar que también atraigo a los perros.

No distinguió cables eléctricos, por lo que decidió aproximarse y le sorprendió descubrir que tan apartado lugar no se encontraba habitado por hoscos labradores de pocas palabras, sino por acogedora y parlanchina «gente de ciudad» que había decidido desertar de una forma de vida demasiado hostil, eligiendo adaptarse a otra mucho menos compleja.

Lo recibieron con los brazos abiertos, aunque advirtiéndole desde el primer momento que no debía contarles nada de cuanto ocurría en el exterior, pues preferían no llevarse inútiles disgustos.

Quien llevaba la voz cantante, un hombretón de larga melena recogida en una cola de caballo, le explicó que hacía ya catorce años que había decidido comprar aquel villorrio deshabitado, rehabilitarlo y compartirlo con cuantos opinaran que el nuevo siglo llegaba cargado de oscuros presagios.

—No es que esperemos el advenimiento del fin del mundo ni nada parecido; es que estar siempre pendientes de los inspectores de Hacienda era una lata. Hasta aquí no llegan.

—He llegado yo.

—Porque no es uno de ellos. Si lo hubiera sido los perros le habrían impedido aproximarse.

—¿Y cómo los distinguen?

—Instinto, o que un buen perro ama lo que ama su dueño, y aborrece lo que aborrece.

Le invitaron a almorzar en un enorme comedor que recordaba los refectorios de los monjes de un convento y la única diferencia estribaba en que no vestían hábito, visto que cuanto se servía en increíble abundancia era de una calidad fuera de lo común.

El hombre de la coleta pareció disculparse:

—La tierra es fértil, los pastos abundantes y la vida corta. Intento aprovecharla al máximo y hacer felices a los demás, porque ya les había hecho mucho daño anteriormente.

—¿A qué se dedicaba?

—Era inspector de Hacienda.

—Parece un contrasentido.

—No, cuando un día te detienes a pensar que eres un simple recaudador de impuestos al que han puesto un nombre rimbombante pero que sigue haciendo el mismo trabajo que hacían los esbirros de reyes y tiranos: ahogar a muchos para que unos pocos respiren a sus anchas.

—La diferencia estriba en que ahora el problema no

se limita a reyes y tiranos, sino a una pléyade de políticos de tercer orden, e incluso a sindicalistas que deberían defender a los obreros...

—Veo que comprende nuestras razones. Aquí nos mantenemos alejados de tanta contaminación; no solo atmosférica, sino sobre todo moral.

De improviso, una anciana, inquirió:

—¿De dónde vienen estos señores?

—Perdona, madre; solo es uno.

—Te equivocas, querido. Soy vieja, ciega y casi inválida, pero por eso mismo percibo cosas que a los demás se les pasan por alto; es más de uno.

Su hijo se volvió a observar mejor a quien se sentaba a su lado.

—Mi madre siempre tiene razón cuando dice esas cosas. ¿Quién le acompaña?

Era una pregunta absurda a la que tan solo cabía responder de una forma igualmente absurda:

—No los conozco, pero admito que resultan bastante molestos.

A partir de ese momento la conversación giró en torno a la posible identidad de unos advenedizos a los que nadie había invitado, pese a lo cual serían bien recibidos siempre que no trajeran noticias desagradables, ya que últimamente todas lo eran.

—Por eso mismo son noticia.

A los postres un hombre que apenas había abierto la boca comenzó a afinar un violín mientras el resto de los comensales disfrutaba de un excelente café, y al poco la estancia se llenó de suaves acordes y del humo de pipas talladas a mano en ramas de cerezo, por lo que de nuevo el patriarca pareció querer justificarse ante su invitado:

—Aquí el clima es muy sano y los niños se pasan la mayor parte del tiempo al aire libre, o sea que un poco de polución no les hace daño. Aunque, como podrá advertir, en cuanto el maestro ha comenzado a tocar, la mayoría se ha ido.

—Pues lo hace muy bien.

—Pero su música no es para niños. Fue un gran concertista que se cansó de los aplausos. Y no continúe marcando el compás con la mano porque odia a los directores; su mujer, que era chelista, falleció de un infarto cuando uno de ellos le echó una injusta bronca.

—Recuerdo el caso; fue muy sonado.

—Normal, tratándose de una orquesta.

Lo observó de medio lado y un tanto confuso.

—Últimamente todo el mundo insiste en que soy raro, pero resulta evidente que no han estado aquí. ¡Por cierto!, ¿cómo se llama este lugar?

—«Abandonado.»

—¿Y ese nombre tan rebuscado?

—No tiene nada de rebuscado, sino todo lo contrario; cuando llegué había un letrero que decía «Pueblo abandonado», por lo que me limité a tachar la primera parte... Y ahora más vale que guardemos silencio, porque si el Maestro se molesta nos deja sin concierto una semana.

Además de su enorme talento musical, el Maestro era dueño de un acervo cultural apabullante, por lo que tras su magnífico concierto se mostró inmensamente feliz al poder hablar en ruso, ya que su adorada esposa había nacido en San Petersburgo.

Y mucho más feliz se mostró aún cuando el recién llegado le regaló el libro que llevaba en la mochila al tiempo que señalaba:

—Lo estoy traduciendo y resulta apasionante.

—Pero usted lo necesita...

—La editorial me proporcionará otro ejemplar.

La anciana, que escuchaba sentada en una enorme mecedora, comentó tan de improviso como tenía por costumbre:

—En ese libro hay muchas ranas... Las oigo.

—Son las de la charca, madre.

—Conozco a las de la charca, porque me hacen compañía durante la noche; las del libro cantan distinto.

—Será porque cantan en ruso.

—¡No seas impertinente o te arreo un sopapo! Y usted, el que asegura que es uno aunque sea varios, ¿hay ranas o no hay ranas en ese libro?

—Muchas.

—Lo sabía. ¡Acérquemelo!

Lo tomó, lo palpó, lo acarició, incluso se lo aproximó a la nariz aspirando profundamente mientras pasaba algunas páginas, y por último se lo colocó sobre el halda cubriéndolo con ambas manos.

—Me lo quedaré esta noche. Siempre me han gustado las cosas agridulces, porque mi marido era el mozarrón más agrio y más dulce que haya existido.

—Por mí no se preocupe, porque ya pertenece al Maestro. Y ahora, sintiéndolo mucho, he de irme; el camino es largo.

Hizo ademán de levantarse, pero el hombre de la cola de caballo lo retuvo.

—¡De eso nada! Hoy nuestro viejo inventor cumple noventa años y le están preparando una tarta gigante. ¿Le gusta la tarta de arándanos?

—Mucho.

—Pues no se hable más. Le enseñaré su alojamiento y de paso le presentaré al viejo inventor. Pídale que le hable de su último invento; le encanta hacerlo.

* * *

Parker espera y parece satisfecho porque han encontrado a un muchacho que responde al perfil psicológico que buscan.

—¿Perfil psicológico? Esos imbéciles elaboraron hace treinta años el perfil psicológico de Garganta Profunda y nunca consiguieron desenmascararlo, pese a que no podían elegir más que entre una veintena de sospechosos. ¿Cómo es que ahora están tan seguros?

—Por lo visto es un *hacker*.

—¿«El *hacker* de Pozoviejo»? A mí me parecen unos cretinos que no tienen ni puñetera idea de por dónde les da el aire.

—Estoy de acuerdo, pero si se lo proponen conseguirán que nos condenen al ostracismo. El asunto es muy grave.

—¿Y a mí me lo dices? El presidente me trata como a un apestado y si aún no me ha sustituido debe de ser porque nadie quiere cargar con semejante muerto. Me recuerda lo del *Prestige*; todos los ministros implicados echaron a correr alegando ignorancia y lavándose las manos hasta que la mierda nos llegó a las cejas.

—En ese caso tuvimos suerte; nadie salió condenado.

—No se trató de suerte, sino de jueces, y dudo que si algún día nos juzgan dispongamos de los mismos.

—Bastará con que sean parecidos.

—No lo serán si en ese momento estamos en la oposición, o sea que no pienso arriesgarme. He hecho algunas llamadas de cara a un futuro lejos de la política, y por la vieja amistad que nos une te aconsejo que te lo pienses... Y ahora haz pasar a ese mendrugo.

Lo recibió con la más amable de sus sonrisas y lo primero que hizo fue felicitarlo por su éxito al haber conseguido encontrar a un presunto culpable, aunque la respuesta del americano, que hablaba un castellano casi perfecto con un claro acento sudamericano, lo dejó helado:

—Con todos los respetos, señor ministro, no nos andemos con pendejadas: ese muchacho sabe tanto del tema como yo, lo cual quiere decir que no sabe absolutamente nada.

—¿Entonces...?

—Algo tenía que decir y confiamos en que ese chico, que ciertamente es un apasionado de la informática y parece listo, nos cuente algo sobre la gente del pueblo que tenga algo que ver con la tecnología, porque la mayoría solo entiende de vacas.

—Es que es una región eminentemente ganadera.

—De eso ya nos hemos dado cuenta. Y es casi de lo único que nos hemos dado cuenta, porque en cuanto al resto seguimos como el primer día. No se trata de vacas, personas, tormentas, torres de alta tensión o repetidores de señales. Es algo distinto.

El silencio de aquel que lo contemplaba desde el otro lado de la mesa no era el de quien aguarda una aclaración o quien se siente profundamente desencantado, sino el de alguien cuya mente parecía haber huido del enorme despacho, e incluso del gigantesco edificio.

Tras unos momentos de espera, Dan Parker añadió:

—Necesitamos ayuda.

—Le he dado todo lo que me ha pedido. ¿Qué más quiere?

—No lo sé.

—Y si usted, que se supone que es el especialista en solucionar este tipo de problemas, no sabe lo que quiere, ¿cómo puedo saberlo yo?

—El único especialista en este tipo de problemas solo puede ser alguien que sepa de ciencias ocultas, pero como comprenderá no es cuestión de empezar a recurrir a magos o adivinos. Al día siguiente tendría que buscarme otro empleo.

—Yo ya he empezado a hacerlo.

Su interlocutor lo observó como si lo viera por primera vez y al poco inquirió:

—¿Se da cuenta de lo disparatado de esta conversación? Usted es ministro y yo director de una agencia de información que controla los teléfonos de los presidentes de países amigos, pero estamos aquí, sin saber qué decir, mientras la sociedad que hemos contribuido a construir se tambalea.

—Confío en que será un fallo al que se encuentre remedio.

—¿Y si no lo fuera? ¿Y si existe alguien capaz de agrandar ese fallo y conseguir que todo este el tinglado se venga abajo?

—No quiero ni pensarlo...

—Bastaron unos fanáticos aprendices de pilotos para derribar las Torres Gemelas, y esto sería infinitamente más grave, o sea que sintiéndolo mucho y aunque signifique admitir mi fracaso, si dentro de una semana no hemos conseguido solucionarlo, ordenaré a las redes que dejen de conectar con España.

—Eso nos aislaría del mundo.

—Mírelo por el lado positivo; el primero que empiece a adaptarse a una nueva forma de vida que no priorice la comunicación a cualquier otro concepto llevará ventaja. En este mismo instante deben de estar diciéndose miles de miles de millones de tonterías a larga distancia, pero ni una sola cosa sensata cara a cara. Eso tiene que cambiar.

—Algunas empresas ganan miles de miles de millones gracias a que tanta gente anda diciendo tonterías a larga distancia.

—Pretenden continuar ganándolos y por lo tanto les inquieta que una minúscula región que ni siquiera figura en la mayor parte de los mapas constituya una amenaza. Los conozco y le garantizo que si para acabar con ese peligro tuvieran que lanzarle encima una bomba nuclear, no dudarían en hacerlo.

Capítulo Diez

El viejo inventor pasaba la mayor parte de su tiempo en un desordenado estudio cuyos amplios ventanales se abrían a los valles de poniente, y tras echar un trago de una mugrienta bota de vino, lo cual parecía tener la virtud de inyectarle renovadas fuerzas, indicó a su visitante que tomara asiento a su derecha.

—La oreja izquierda ya solo la tengo para que haga juego con la otra, que muy pronto pasará a ser también un simple adorno.

—Por lo visto ha cumplido su función durante noventa años.

—Lo sé y lo agradezco, por lo que entiendo que yo también he cumplido la mía porque cuando comprendí que todos mis esfuerzos chocaban contra los intereses de inescrupulosos empresarios o la desidia de unos gobernantes que deberían ser los primeros en defender a sus conciudadanos, me enfurecí a tal extremo que juré no volver a dedicar ni un minuto más a la investigación.

—Cualquiera habría hecho lo mismo.

—Sin duda, pero cuando el sufrimiento ajeno te

preocupa no puedes convertirte de la noche a la mañana en un «cualquiera» y seguir siéndolo eternamente aunque se hayan burlado de ti considerándote un «viejo loco» que desbarra. Miles de personas mueren cada año en naufragios, tanto de barcos pesqueros como de buques mercantes, y todos los días aumenta el número de inmigrantes que se ahogan cuando tratan de llegar a Europa en pateras atestadas. A la vista de ello decidí diseñar un sistema que podía salvar muchas vidas.

Se sentía confuso porque se diría que su destino era precisamente sentirse cada vez más confuso, y hubiera deseado encontrarse muy lejos, sospechando que tenía que resignarse a escuchar —de la forma más educada posible— las divagaciones propias de un hombre que estaba en edad de poder permitirse todo tipo de divagaciones.

—Usted dirá.

—Se lo diré, pero antes respóndame a una pregunta: ¿qué ocurre cuando una nave en peligro lanza una señal de socorro?

—Que casi siempre comienza dando sus coordenadas para que las patrullas de salvamento acudan en su ayuda.

—¿Patrullas que acuden arriesgando vidas?

—Sí, claro.

—Y la mayoría de las veces, sobre todo durante las tempestades, que es cuando acostumbran a hundirse los barcos, ni siquiera consiguen llegar a tiempo. Las olas, que en ocasiones alcanzan los ocho metros de altura, los vientos huracanados, la oscuridad y la niebla suelen impedir que otro barco, un helicóptero e incluso un avión se aproximen al lugar de la tragedia... ¿Cierto o no?

¿Qué podía responder a un planteamiento tan obvio

y a unos hechos que se habían venido produciendo desde que el primer ser humano decidió navegar sobre una balsa de troncos?

—Cierto.

—¡Bien...! ¿Qué sabe sobre el mar?

—Que lo odio... Ni siquiera sé nadar.

La espontánea y en cierto modo sorprendente confesión tuvo la virtud de desconcertar a quien había hecho la pregunta, y tras casi un minuto de silencio el nonagenario no pudo por menos que lanzar un resoplido de evidente disgusto:

—¡Pues sí que estamos buenos! Supongo que en ese caso no sabrá cuál es la diferencia entre una ola libre y una ola forzada.

—Ni la más mínima.

—Una ola libre es la que existe aunque no haya viento, puesto que su origen se encuentra muy lejos, en alta mar; una ola forzada es la que se forma cerca y siempre a causa del viento.

—No resulta difícil entenderlo.

—Y lo que también debe entender es que la longitud de las olas libres, es decir, la distancia que existe entre una cresta y la siguiente, es siempre mucho mayor que la de las forzadas, que se van sucediendo rápidamente las unas a las otras... ¿Me explico?

—Supongo que sí. Como no me gusta el mar suelo observarlo desde lejos y evidentemente cuando está en calma las olas tardan mucho más en llegar.

—Pues como el agua es un fluido que no puede comprimirse, los deslizamientos de las partículas superficiales se transmiten a las capas subyacentes de tal modo que, en la práctica, cuando se alcanza una profundidad equivalente a la mitad de la longitud de la ola, el mar ya no se mueve.

—¿Y eso qué quiere decir?

—Que cuanto más rápidas y furiosas sean las olas en el exterior, a menor profundidad se encontrará la calma bajo la superficie. O sea, que si una nave naufraga en mitad de una galerna, con viento, lluvia y escasa o nula visibilidad, la mejor forma de llegar a ella es por el único camino que no ofrecerá obstáculos: bajo el mar.

—¿Utilizando un submarino?

—Un minisubmarino inteligente no tripulado.

El viejo inventor, que podía estar muy viejo pero aún tenía el pulso firme y dibujaba con exquisita delicadeza, extrajo de una carpeta varios planos en los que se distinguían con toda claridad los detalles de la nave que había diseñado.

Tenía forma de torpedo, de unos seis metros de largo por dos de ancho, y se advertía que en la parte delantera se encontraban alojados los instrumentos de control y dirección, compuestos por radio, GPS, radar, ordenador, cámara de televisión y visores de infrarrojos.

En la parte baja del cuerpo central se alojaban las baterías de litio y los depósitos de aire comprimido, mientras que en la parte trasera iban instalados motores, hélices y timones de dirección y profundidad.

Según fue explicando, si un coche eléctrico superaba los doscientos kilómetros por hora con una autonomía que se aproximaba a los trescientos, un moderno minisubmarino inteligente no tripulado estaría en condiciones de llegar con mayor rapidez y eficacia que las naves de superficie a cualquier punto en que se hubiera producido un naufragio.

En el momento de recibir las coordenadas, el ordenador de a bordo marcaba el itinerario más corto y corregía el rumbo en caso de encontrar obstáculos o a causa de las derivas provocadas por las corrientes.

A su modo de ver, si el ser humano estaba en condiciones de enviar una nave espacial a Marte y manejar por radio sus brazos articulados, con muchísima más facilidad estaba en condiciones de enviar una nave submarina a un punto determinado del océano, y una vez allí permitir que la parte superior del vehículo se abriera expulsando una enorme lancha neumática que se hinchaba automáticamente.

Cuando los náufragos se encontraran a bordo, el propio submarino determinaría un nuevo rumbo con el fin de remolcarla a un lugar seguro.

—Todos los elementos que se emplean existen hoy en día en el mercado y todos han demostrado su eficacia; por lo tanto, mi único mérito se limita a haberlos unido de tal forma que puedan salvar vidas.

Los dibujos eran tan precisos que incluso un profano como él, hombre de letras que hasta hacía poco tiempo apenas se había relacionado con la tecnología, podía entenderlos, pese a lo cual no pudo evitar inquirir:

—¿Y esta ballena, qué hace aquí?

—Está siendo detectada por los instrumentos de a bordo con el fin de alertar a los barcos más próximos. Hoy en día, uno de los mayores riesgos de los ferrys que navegan a gran velocidad estriba en colisionar con un cetáceo.

—Eso sí que lo había oído; por lo visto sucede con cierta frecuencia.

—Demasiada, pero si estos minisubmarinos, que

tendrían un bajo consumo de energía, patrullaran por zonas de mucho tráfico marítimo, evitarían la mayoría de esos accidentes, salvando no solo a los cetáceos, sino también a los pasajeros de los ferrys.

—Parece lógico.

—Y lo es. La verdad es que, pese a que me llamen «el viejo inventor», nunca he inventado nada; tan solo he aplicado la lógica. Hoy en día se han puesto de moda aviones en miniatura que lo observan todo desde el aire, y a decir verdad mi «invento» no es más que un *dron* marino, que de paso puede vigilar a los traficantes de drogas, a los contrabandistas e incluso a los barcos que pescan ilegalmente. Con una veintena de ellos circulando día y noche por nuestras costas se evitarían muchos delitos y se estaría en condiciones de acudir de inmediato a los puntos en que se necesitara ayuda. Sin embargo, cuando se lo mostré a las «autoridades competentes», me aseguraron que no se necesitaban nuevos sistemas de seguridad, por lo que las muertes que se han producido desde aquel día no cuentan.

—¿Por eso decidió retirarse aquí?

—¿Qué cree que se siente al ver morir a la gente sabiendo que podría haberse salvado? Te invade la frustración, la ira y sobre todo el odio hacia los culpables de esas muertes, y como ya soy viejo no quiero morirme odiando.

Mala cosa debía de ser morirse odiando, por lo que cuando horas más tarde observó al anciano mientras cortaba con mano temblorosa una enorme tarta de arándanos, comprendió que habría resultado cruel contarle que no hacía mucho un helicóptero de salvamento marítimo se había caído al mar en Canarias con un saldo de cuatro víctimas.

Se lo guardó para sí, al igual que todas las malas noticias que aquella gente no deseaba conocer, y al día siguiente salió de Abandonado con la amarga sensación de dejar atrás un universo que resultaría irrepetible debido a que ya no existirían seres como el hombre de la coleta, el violinista eternamente enamorado o el viejo inventor desencantado.

En el momento de despedirse, la anciana invidente se empeñó en palparle el rostro y, tras hacerlo con tanto cuidado como si tuviera intención de esculpirlo, le colocó al dedo índice sobre los labios al señalar:

—Tu voz será escuchada hasta en el último rincón de la Tierra, pero para conseguirlo deberás guardar silencio. Deja que quienes te acompañan hablen por ti.

—No los conozco...

—Pero ellos a ti sí, y sabrán cómo ayudarte.

—Me gustaría entenderla.

—Serán muchas las cosas que no entiendas, aunque eso no te impedirá seguir tu camino; recuerda que Cristo habló alto y claro y lo crucificaron, pero más tarde otros hablaron por él y lo resucitaron...

Los perros se empeñaron en seguirlo, por lo que tres muchachos tuvieron que correr con el fin de retenerlos para que no hicieran dejadez de su obligación de espantar a quienes no fueran bienvenidos, y mientras se alejaba por el bosque se esforzó por desentrañar el significado de las palabras de una anciana, que algo especial debía de tener, puesto que era capaz de escuchar el croar de unas ranas que tan solo existían sobre el papel.

Lo había dicho bien claro: «Serán muchas las cosas que no entiendas.»

Demasiadas para alguien que siempre había sabido

encontrar respuestas en los libros pero que empezaba a creer que ningún libro, ya escrito o aún por escribir, sería capaz de aclarar sus dudas. Ni persona alguna tampoco, porque a nadie, excepción hecha de Claudia, tan confundida en ocasiones como él mismo, podría comentarle que tenía la impresión de haber dejado de ser una persona real para convertirse en un personaje imaginario.

Guardar silencio constituía sin duda un buen consejo, pero horas más tarde, y tal vez debido al cansancio motivado por lo que empezaba a ser una ruta demasiado empinada para alguien que ya no estaba en la plenitud de sus facultades, llegó un momento en el que no pudo resistir la necesidad de tomar asiento sobre una roca e inquirir en voz alta:

—¿Quiénes sois y por qué razón os empeñáis en seguirme?

Y es que su presencia parecía ir en aumento a medida que avanzaba.

En realidad los había presentido desde la tarde que un cable de alta tensión lo había arrojado al suelo dejándolo maltrecho, pero tan solo había tomado conciencia de que estaban allí a partir del momento en que la ciega había asegurado que los «veía».

¿De dónde habían salido?

Probablemente de una masa de seres asustados por la inhumanidad de un futuro del que empezaban a temer que no formarían parte debido a que la justicia estaba siendo irremediablemente masacrada por leyes injustas.

Aunque el eterno e inalienable concepto de «justicia» era el arma que en incontables ocasiones habían utilizado los humildes a la hora de enfrentarse a las arbitrarias leyes de los poderosos, cabría imaginar que tan elemental concepto había sido borrado de la faz del planeta.

De improviso se puso en pie, alarmado.

¿De dónde habían salido?

Eran dos, y ni siquiera los había visto llegar debido a que serpenteaban entre precipicios y montañas, casi rozando las copas de los árboles, persiguiéndose el uno al otro en lo que quizá constituía un ejercicito de entrenamiento o quizás un juego demasiado arriesgado, y tal fue el estruendo cuando cruzaron sobre su cabeza que por un momento temió que se tratara de una nueva tormenta que venía a rematarlo.

La bandera tricolor que lucían en la cola le hizo comprender que eran franceses, pero apenas tuvo tiempo de reparar en ello, puesto que al poco de sobrepasarlo comenzaron a realizar absurdas maniobras, subiendo, bajando y girando una y otra vez sobre sí mismos como si hubieran perdido el rumbo o la capacidad de determinar en qué lugar o a qué altura se encontraban.

El primero se perdió de vista tras los montes, pero los motores del que le seguía dejaron de rugir, permaneció muy quieto, como si pretendiera ascender o recuperar el equilibrio, y en un abrir y cerrar de ojos comenzó a precipitarse hacia el fondo del valle como una perdiz brutalmente abatida, no por uno, sino por diez perdigonazos.

Observó estupefacto cómo una moderna, brillante y sofisticada máquina de guerra que había costado millones iba ganando velocidad en su afán por destrozarse, y apartó el rostro en el momento en que resonó una explosión y del fondo del barranco emergió una lengua de fuego que de inmediato prendió en la maleza.

La primera columna de humo apestaba a queroseno,

pero pronto dejó paso al clásico olor a bosque en llamas que había aprendido a odiar desde que tenía uso de razón.

Lanzó un suspiro al advertir que el piloto había conseguido eyectar su asiento, el paracaídas se abría salvándole la vida y el viento lo alejaba del peligro de morir abrasado.

Se derrumbó como si le hubieran quebrado las rodillas y no pudo evitar que se le escapara un sollozo cuando lo asaltó la insufrible sensación de haber sido el causante de semejante tragedia.

Si modernas aeronaves dotadas de la más compleja tecnología parecían haberse vuelto locas perdiendo su capacidad de maniobra por el simple hecho de haber pasado a menos de mil metros sobre su cabeza, resultaba evidente que el extraño poder que le había sido concedido superaba todo lo inimaginable, y si se hubiera tratado de un avión comercial ahora tendría casi un centenar de muertos sobre la conciencia.

¿Pero qué culpa tenía su conciencia?

Tal como solía suceder, le vino a la mente una de las muchas frases que había traducido en algún determinado momento de su vida:

La conciencia es una condenada egoísta que solo va a lo suyo sin importarle el resto de tu persona. Cuando te rompes una pierna a la conciencia no le duele, le duele a la pierna; y cuando un policía te patea el estómago buscando información, la conciencia se queda de lo más tranquila e incluso se siente orgullosa por tu silencio, pero en cuanto se siente afectada consigue que te duelan desde la raíz de las uñas hasta la punta de los pelos.

En ocasiones le molestaba e incluso le ofendía depender de una forma tan directa de cuanto había leído, aunque se disculpaba a sí mismo argumentando que la supervivencia dependía en gran parte de lo que se había sido capaz de aprender directamente o a través de los libros.

Observando desde la distancia cómo el fuego comenzaba a extinguirse debido a que la zona era escarpada, rocosa y con escasa vegetación, no pudo evitar reflexionar sobre las consecuencias que traería aparejado el hecho de haber sido dotado del poder suficiente para derribar un avión de combate.

La industria armamentista, una de las más poderosas que existían, se enriquecía a base de fabricar máquinas de matar cada vez más dependientes de la electrónica, y resultaba evidente que si esa electrónica fallaba, un misil nuclear corría el riesgo de estallar en el momento de ser lanzado o ir a caer sobre la cabeza de quien había ordenado que lo lanzaran.

Sin control se convertirían en bumeranes que a nadie le apetecería tener entre las manos, porque un arma que se podía volver contra quien la utilizaba no era un arma; era una cabronada.

Intentó hacerse una idea de cuántos billones dejarían de invertirse en fabricarlas y en qué podría emplearse la centésima parte de ese dinero.

Pasó la noche desasosegado, apenas descansó dándole vuelta a nuevas ideas, y cuando al fin se reunió con Claudia en un aislado cruce de caminos al pie de los Pirineos franceses, lo primero que dijo la dejó ciertamente confusa:

—Tenemos que convertirnos en chantajistas.

—¿Cómo has dicho?

—Que no debemos limitarnos a exigir que no se hagan ciertas cosas; debemos exigir que se hagan otras.

—¿Como qué?

—Como que no solo los bancos o las empresas eléctricas y de telecomunicaciones, sino también las armamentistas, dediquen una parte de sus presupuestos a paliar el hambre, la explotación laboral y la miseria.

—¿Te das cuenta de lo que eso significa?

—Significa que ya que nos arriesgamos tanto, que sea por algo que valga la pena. Ayer un avión de combate se estrelló cerca de aquí.

—Ha salido en las noticias. Otro consiguió regresar, pero tras un aterrizaje de emergencia quedó inservible.

—Fue culpa mía.

—¿Qué demonios has dicho?

—Que yo los hice caer.

—¡Dios nos coja confesados!

—Recuerda que tan solo podemos confesarnos el uno con el otro.

La puso al tanto sobre cuánto le había ocurrido en el transcurso de su viaje, la experiencia con las ovejas y los perros, la forma en que los cazas habían perdido el control y las palabras de la anciana aconsejándole que fueran otros los que hablaran por él, lo cual no resultaba un empeño fácil teniendo en cuenta que no sabía quiénes eran los que le seguían a todas partes.

—Admito que no los conozco, pero sé que están ahí, y están deseando que mi voz se escuche «hasta en el último rincón de la Tierra».

—¿Y cómo vamos a encontrarlos...?

—Por medio de las redes sociales. Y no solo recurriremos a ellas para poner freno a sus abusos, sino para sentar lo cimientos de una sociedad más solidaria.

—Recuerda la vieja sentencia china: «Todos nacemos con la obligación de salvar a la humanidad, pero pocos logramos salvarnos a nosotros mismos.»

—La tengo presente, pero empiezo a creer que frente a la pantalla de millones de ordenadores se sientan personas que no desean que esos ordenadores se usen para manipular vidas ajenas. La sociedad actual es como un adolescente que de improviso ha pegado un brusco estirón que ha traído aparejado un grave tumor. O se extirpa a tiempo, aunque sea a base de cirugía agresiva, o acabará matándolo.

—Nadie nos ha concedido el título de cirujanos, y nos arriesgamos a que el paciente se quede en la mesa de operaciones, pero como creemos que debemos hacerlo, lo haremos. Por mi parte, y mientras tú te divertías confraternizando con ovejas, pastores, perros, músicos y ancianitas visionarias, yo me he roto los cuernos preparando un ataque frente al cual la logística del desembarco de Normandía parecerá un juego de niños.

—Siempre he admirado tu capacidad organizativa... ¿Primer paso?

—Alejarnos de las centrales nucleares, puesto que no tenemos la menor idea de qué podría ocurrirles en caso de provocar un colapso informático.

—En Francia hay muchas.

—La más cercana, Golfech, se encuentra a ciento cincuenta kilómetros, o sea que de momento no debe preocuparnos. Si tuviéramos que subir más hacia al norte la cosa cambiaría, pero considero que siempre habrá pasillos lo suficientemente anchos como para evitarlas.

—Lo último que desearía es provocar una catástrofe como la de Chernóbil; esta debe ser una guerra sin muertes.

—Difícil parece, ya que ayer estuvo a punto de producirse la primera y ese piloto se salvó por los pelos. Pero si a cambio de la vida de un militar miles de civiles dejan de ser aniquilados, creo que habrá compensado.

—Estamos en lo de siempre: ¿quiénes somos para decidirlo?

—¿Y quiénes son los que lo deciden? Mientras no nos aprovechemos personalmente tenemos más derecho moral que cualquier político.

Aquella era una discusión que podía prolongarse hasta el infinito y ambos lo sabían, porque se suponía que quienes provocaban conflictos armados o permitían que las hambrunas asolaran África estaban avalados por los votos de sus conciudadanos, pero con demasiada frecuencia los que alcanzaban el poder se olvidaban de quiénes se lo había concedido.

La mejor prueba estaba en el resultado: la tradicional sociedad piramidal se desmoronaba debido a que el peso de su pequeña pero codiciosa cúspide superaba con mucho la capacidad de resistencia de la base. Era una situación que venía repitiéndose cíclicamente desde que alguien se consideró a sí mismo superior al resto de sus congéneres, desmintiendo una vez más el absurdo dicho:

El pueblo que no conoce su historia está condenado a repetirla.

La historia de la mayoría de los pueblos había sido escrita infinidad de veces, y por muchos que fueran los que la leyeran siempre volvían a cometer idénticos errores incluso en el transcurso de la misma generación. Ambos lo sabían porque si algo habían hecho en su vida era leer.

Ahora el nuevo ciclo, imparable ciclo, no afectaba únicamente a un determinado pueblo, sino a la especie humana en su conjunto, y por lo tanto se les antojaba legítimo ponerle freno pese a que alguien pudiera caer por el camino.

En realidad eran millones los que ya estaban cayendo, por hambre o por desesperación, puesto que cada día llegaban noticias de desgraciados que tomaban la difícil determinación de poner fin a sus vidas al no conseguir trabajo o no soportar la presión a la que los sometía la avaricia de unos pocos.

Claudia jamás había aspirado a ser una heroína, por más que le gustara bucear a mayor profundidad de la que recomendaba un elemental sentido de la prudencia, pero a la vista de cuanto estaba ocurriendo no dudó a la hora de dar un paso al frente, y cuando su marido le preguntó, en un tono levemente socarrón, en qué consistía «su astuta logística comparable al desembarco de Normandía», la respuesta lo dejó absolutamente perplejo.

—He invertido todo lo que tenía, incluidas las joyas que me dejó mi madre, en comprar un restaurante.

—¿Un restaurante...? ¿Y qué sabes tú de cocina?

—Ni una palabra.

—De eso doy fe, porque excepto para las ensaladas y los espaguetis, tienes que recurrir a un manual de instrucciones.

—Pero este está situado a orillas de un pequeño lago, aislado y sin vecinos. Es pequeño, pero precioso, y sobre todo tiene algo muy importante: una bodega rebosante de vino, jamones, quesos y chorizos, así como neveras repletas de cuanto podamos consumir durante casi un año. Es decir, el mejor escondite que quepa imaginar.

—Muy astuto.

—Gracias. Los propietarios ya son muy mayores y a nadie le sorprenderá que al cambiar de dueños los nuevos lo mantengan cerrado mientras realizan algunas reformas ciertamente necesarias, o sea que de momento el camino de acceso permanece cerrado a los extraños.

—¿Y los empleados?

—Solo eran dos, y les he concedido vacaciones hasta que se concluyan las reformas.

—Aún me sorprende que siendo tan lista te casaras conmigo.

—Es que en aquellos momentos me sentía más masculina que femenina.

—¿Qué has querido decir con eso?

—Que tan solo pensaba de cintura para abajo.

—¡Muy graciosa!

—El jueves, los viejitos, que por cierto son encantadores y ella cocina como los ángeles, se volverán a su Córcega natal y podremos instalarnos.

—¿Le has pedido que te deje unas cuantas recetas?

—¡Por supuesto! Y ahora presta atención, porque la cosa no se presenta nada fácil, ya que tendremos que actuar por separado. Si mientras estamos cerca el uno del otro tu presencia me impide acceder a las redes sociales, cuanto hagamos resultará inútil, porque nadie conocerá nuestras exigencias. O sea que en primer lugar tenemos que causar un pequeño estrago con el fin de indicar que vamos en serio. Luego tendrás que quedarte en ese restaurante sin más compañía que tus amigos invisibles mientras yo me voy a París a colocar en esas redes nuestro «Manifiesto Reivindicativo».

—¿Y cómo piensas acceder a ellas sin que localicen desde dónde se envían los mensajes?

—Tengo mis métodos.

Su marido la observó de reojo y acabó negando como si fuera consciente de lo que se le venía encima, por lo que no pudo evitar lanzar un suspiro de resignación al señalar:

—Conociéndote como te conozco y por tu tono de voz sospecho que esos «métodos» no me van a gustar. Huelen a cuerno quemado, y como diría Vicenta, ya mis cuernos deben de estar carbonizados.

Claudia sonrió con coquetería, acudió a acomodarse sobre sus rodillas y tras estamparle dos besos en la frente, allí donde se suponía que debía lucir los cuernos, negó con firmeza:

—No habrá cuernos; lo que ocurrirá es que una misteriosa señora guapa, elegante, sexy, inteligente y sofisticada...

—Es decir, tú...

—Por poner un ejemplo.

—Me vale.

—Pues bien; esa increíble mujer conocerá en un bar parisino a un maduro caballero de buena posición, intimarán, la cosa se animará y él la invitará a pasar la tarde en un lujoso hotel. Pero como ella está casada con un diputado le rogará discreción, o sea, que él se inscribirá en el hotel, regresará con el fin de entregarle la llave de la habitación, y le dará un tiempo prudencial, digamos unos veinte minutos, para que ella llegue sin llamar la atención y se dé un relajante baño antes de entrar en faena.

—Pero confío en que no acaben entrando en faena...

—Confías bien, porque ella aprovechará ese tiempo para conectarse a las redes, enviar unas reivindicaciones que ya habrá preparado de antemano y dejar una nota en el espejo con su lápiz de labios: «Lo siento; me he arrepentido.»

—Con lo cual, supongo, el frustrado caballero borrará la nota del espejo, se irá con el rabo entre las piernas, y si algún día se descubre que el mensaje partió de esa habitación nadie podrá averiguar quién lo envió.

—Veo que lo has entendido.

—He traducido libros con tramas realmente complejas y lo que me gusta de esta es su absoluta sencillez, que se remonta a los orígenes de la especie humana: señor pretende acostarse con señora, pero la señora le toma el pelo y obtiene lo que pretende sin acostarse con él... O al menos eso espero.

Capítulo Once

Cundió el pánico.

Una pequeña región del sur de Francia había resultado contaminada por un virus al que sus creadores denominaban *Detroit*, en «honor» a la ciudad que se había convertido en el paradigma de cómo se podía pasar de ser la capital mundial del automóvil y una de las cuatro urbes más ricas de América a un conjunto de enormes fábricas y gigantescas mansiones en ruinas que había perdido en menos de cuarenta años la mitad de sus habitantes y acababa de declararse en quiebra reconociendo una deuda de veinte mil millones de dólares.

Detroit era el mejor ejemplo de hasta qué punto la ilimitada avaricia de ciertos empresarios, unida a la ineptitud de la mayoría de los políticos, podía transformar un emporio de riqueza en una gigantesca escombrera.

Famosos emprendedores contribuyeron a engrandecerla fabricando automóviles tan económicos y perdurables como el Ford-T, algunas de cuyas unidades aún funcionaban un siglo más tarde, pero avariciosos empresarios se empeñaron en imponer el viejo criterio del dinero fácil con la rápida obsolescencia de sus costosas máquinas, haciendo creer a los usuarios que quien tuviera un coche de tres años de antigüedad hacía el ridículo y corría el riesgo de sufrir graves accidentes.

Tal como aseguró por aquellos tiempos un alto ejecutivo de la General Motors: «El objetivo es que nuestros clientes cambien de coche cada año y manden la chatarra al desguace.»

Considerar «chatarra» su propio trabajo trajo como resultado que al hacer su aparición marcas extranjeras, económicas, fiables, resistentes y de bajo consumo, nadie quisiera ya aquellas ostentosas carrozas de llamativos colores, porque resultaba evidente que la gallina ya no ponía huevos de oro, sino de latón pintado de purpurina.

Día tras día y año tras año de persistir en el error había conducido a la primera industria norteamericana a la ruina, y por lo tanto el nombre elegido por quienes al parecer pretendían establecer un nuevo modelo de sociedad parecía en verdad acertado.

En el «Manifiesto Reivindicativo» que habían hecho circular por las redes sociales se exponía una larga lista de exigencias que debían cumplirse de inmediato, o de lo contrario el virus *Detroit* afectaría a las principales ciudades del mundo.

Se trataba de un desafío en toda regla a todas las reglas establecidas; una brutal amenaza que espantaba a muchos, pero hacía concebir esperanzas a otros muchos.

Los problemas que afectaban en ese momento a la humanidad, guerras, hambrunas, paro o corrupción, pasaron a un segundo plano, sobre todo en cuanto se supo que un grupo que se autodenominaba Medusa, no exigía ningún tipo de contrapartida de tipo económico, político o religioso; tan solo justicia social, cualquiera que fueran los idiomas, las creencias o las ideologías.

El simple hecho de no pedir nada para ellos y todo para los demás dejó estupefacta y desarmada a una clase dirigente acostumbrada al soborno, el trapicheo y el cambalache.

¿Cómo se podía luchar contra un enemigo invisible y que no ofrecía puntos débiles?

¿De qué servían los tanques y cañones si no se sabía contra quién disparar?

¿Cuántos miles de millones hacían falta para sobornar a quienes al parecer no se interesaban por el dinero?

Dan Parker fue el encargado de formular ese tipo de preguntas ante un Gabinete de Crisis reunido en Bruselas y del que tan solo formaban parte los directores de las agencias de inteligencia de las principales potencias. Lógicamente, ninguno de ellos supo dar respuestas apropiadas.

No obstante, alguien se atrevió a inquirir:

—¿Cómo consiguen propagar esa especie de «virus»?

—Eso es lo que nos gustaría saber.

—¿Utilizan un artefacto grande o pequeño?

—¿Usted qué cree?

—No es una respuesta convincente.

—Pero es la única que tengo. Exigen que dentro de tres días cien aviones cargados de alimentos, agua y medicamentos estén aterrizando en los países que padecen hambrunas, y quienes nos encontramos aquí reunidos debemos ordenar que empiecen a despegar de inmediato o nos arriesgamos a un nuevo ataque a gran escala.

—Eso es pura extorsión.

Dan Parker se volvió hacia quien había hecho el comentario con el fin de comentar a su vez, pero con marcada intención:

—Me sorprende que sea usted quien lo diga puesto que llevan décadas extorsionándonos con una constante alza de los precios del crudo. Como ya habrá leído en ese dichoso «Manifiesto», a partir del lunes los países de la OPEP se verán obligados a reducir a la tercera parte el precio del barril de petróleo, o todo el dinero que han acumulado en ese tiempo corre el riesgo de desaparecer de sus cuentas corrientes. Y no significará que se lo hayan robado y exista alguna esperanza de recuperarlo, es que literalmente se esfumará como si nunca hubiera existido.

—¡Inaudito!

—Es lo que usted ha dicho: pura extorsión, y como por primera vez nuestra obligación es ser francos, debemos admitir que cuantos nos encontramos aquí la hemos practicado a destajo, o sea que, si ahora nos toca jugar en campo contrario, tendremos que enfrentarnos al problema como mejor sepamos. ¿Alguna idea?

—Aislar España y Francia.

—¿Y quién nos garantiza que no se encuentran ya en Alemania, Suiza, Rusia o Inglaterra? ¿Pretende que vayamos aislando países hasta encerrarnos en una isla del Pacífico? Le recuerdo que son ellos los que pueden incomunicarnos a nosotros; no nosotros a ellos.

—Cuesta creer que con lo que invertimos en defensa no seamos capaces de defendernos de una pandilla de lunáticos.

—El problema estriba en que cuanto más nos protegíamos los unos de los otros a base de misiles, escudos antimisiles y armas nucleares, más desguarnecidos nos íbamos quedando al basarlo todo en un sistema que funciona por medio de unas ondas electromagnéticas, o lo que quiera que sea eso, y que en realidad no vemos. No es que dude de su existencia, ¡Dios me libre! Es que al parecer existen tantas y corren tanto que no sería de extrañar que alguien haya encontrado la forma de que se enreden y entrecrucen unas con otras.

—No estamos aquí para escuchar majaderías.

—Pues a quien se le ocurra una majadería menos majadera que la exponga, porque les juro que por mi parte estoy ansioso por escuchar algo que tenga algún sentido.

Se hizo un largo silencio debido a que en realidad lo que estaba sucediendo carecía de sentido. La mayoría de cuantos se sentaban en torno a la larga mesa se habían enfrentado a extorsionadores, locos, estafadores e incluso megalómanos, pero nunca habían tenido que encarar una situación tan anómala.

Al poco, el representante francés alzó la mano al tiempo que comentaba:

—Hace unos días, dos de nuestros cazas perdieron sus sistemas de navegación al sobrevolar los Pirineos. ¿Cree que fue un atentado por parte de ese grupo?

—Probablemente se trata de un accidente en el que tal vez Medusa estuviera implicado, aunque sin intencionalidad. En mi opinión, y suplico que lo acepten como una simple teoría, debían de estar haciendo comprobaciones cuando esos cazas aparecieron de improviso y no les dio tiempo a desactivar el sistema.

—Pues costaron una fortuna.

—Cacahuetes, comparado con lo que nos va a costar.

—¿Es posible que tengan una base de operaciones en los Pirineos?

—Todo es posible, pero la lógica indica que, si has desarrollado un arma muy poderosa, vas a probarla a un lugar aislado y, sin pretenderlo, derribas un avión que pasaba por allí, te alejes del lugar cuanto antes.

—Los que fueron a recuperar los restos no encontraron nada sospechoso.

—¿Acaso lo buscaban?

—Supongo que no.

—En ese caso pasemos a otra de las exigencias: «Los portales "pirata" de internet que favorecen el acceso a películas, música, libros o todo cuanto se encuentre sujeto a derechos de propiedad intelectual, así como material pornográfico y sobre todo pedófilo, deben ser clausurados de inmediato.»

—Algunos van a dejar de ganar muchísimo dinero.

—Ya han ganado bastante. Los que estén de acuerdo que levanten la mano... Aprobado por unanimidad, y que mantengan la mano levantada cuantos aprueben que se retiren del mercado los juegos que inciten a la violencia, y que se sustituyan los contestadores automáticos de empresas y organismos estatales por personas con las que resulte factible dialogar.

—Para conseguir eso último, levanto las dos manos.

—También yo, pero imagino que las bajará frente a este otro punto: «Debe cesar en el acto todo tipo de espionaje electrónico y escuchas telefónicas.»

—¿Acaso pretenden que volvamos a los tiempos de Mata Hari?

—Sin duda eran mucho más divertidos y exigían más imaginación.

Un oriental que parecía haberse esforzado por pasar desapercibido decidió intervenir:

—Tengo la impresión de que estamos tomando este asunto demasiado a la ligera.

—Tal como suele decirse, hay que estar a las duras y a las maduras, y lo curioso es que en la vida, al contrario de lo que ocurre con la fruta, las duras siempre llegan después que las maduras. Admito que me siento burlado, furioso e impotente, pero en mi fuero interno reconozco que pronto o tarde algo así tenía que suceder. Si no hemos sido capaces de poner orden en nuestras propias casas, no debe extrañarnos que alguien venga a hacernos comprender que no la barremos hace décadas.

—En cierto modo comparto su opinión, pero mi gobierno ha invertido billones en esas nuevas tecnologías.

—¿Y cuánto cree que ha invertido el mío? Gran parte de nuestra industria está relacionada con la fabricación de armas de última generación, y si las cosas siguen así tan solo servirán para tirársela a la cabeza al enemigo. Y le garantizo que algunas pesan.

—Continúa utilizando un tono inadmisible.

—Pues si no le gusta le invito a que nos pongamos a llorar, porque no veo que nadie aporte soluciones dignas de ser tenidas en cuenta. Supongo que estos dos nuevos apartados se les van a indigestar a su Gobierno: «Todos los paraísos fiscales deben desaparecer en el término de un mes.» Y también: «Las Haciendas públicas no podrán utilizar sistemas informáticos para investigar y acosar a la clase media o la pequeña empresa. Tan solo podrán controlar telemáticamente a los considerados "grandes contribuyentes".»

Alguien no pudo contener su indignación:

—Pero ¿quién se creen que son para imponer semejantes criterios...? ¿Dios?

Fue un malhumorado ruso el que se dignó responder:

—Si están en posición de confundir nuestros sistemas de comunicación, deben de ser su representante en la Tierra porque nunca se le había concedido a nadie un poder semejante. Con tanta tecnología descontrolada hemos propiciado que una sola voz pueda llegar no solo hasta el último rincón del planeta, sino incluso a la mismísima estratosfera, puesto que los tripulantes de nuestras naves espaciales se preguntan adónde diablos irán a parar si los sistemas de telecomunicaciones fallan.

* * *

El cataclismo se comparó con el impacto de un meteorito que hubiera resquebrajado la corteza terrestre provocando violentos terremotos y amenazando con nuevas réplicas igualmente peligrosas, al dejar en evidencia que el modelo de capitalismo salvaje basado en la globalización y la inmediata transferencia de datos sobre el que se sostenía en aquellos momentos la economía mundial había dejado de ser fiable.

Ya no se trataba de hábiles *hackers* que reventaran los sofisticados códigos de seguridad de bancos, empresas o gobiernos, ni de astutos delincuentes cibernéticos capaces de vaciar cuentas corrientes a base de mover ágilmente los dedos sobre un teclado; ahora se trataba de una enloquecida danza arrítmica en la que los datos saltaban de un lado a otro y de un continente al vecino sin que nadie tuviera la menor idea de cómo, ni cuándo, ni dónde recuperar lo que consideraban suyo.

A la exigencia de cerrar «en el acto» los portales relacionados con la piratería se sumaba la de eliminar en un plazo máximo de seis meses todo el sistema de ventas por internet, de forma que quien quisiera comprarse un par de zapatos tuviera que acudir a una zapatería en la que le atendiera un dependiente, y quien quisiera adquirir un reloj fuera a una relojería. De igual modo, quien pretendiera hacer turismo tendría que acudir a una agencia de viajes en busca de su pasaje, y las compañías aéreas estarían obligadas a contratar personal con el fin de atender a los clientes que no estuvieran al tanto de los entresijos de la informática.

Textualmente se aseguraba:

La dignidad del derecho al trabajo debe ser devuelta a las personas, puesto que las máquinas carecen de dignidad.

La desconsiderada guerra que habían desencadenado unos insensibles artilugios de metal manipulados por inescrupulosos empresarios contra desprotegidos ciudadanos a los que sus dirigentes les negaban incluso el derecho a enfrentarse a ellos tenía que llegar a un alto el fuego. Solo así se podría evitar que cualquiera de los bandos, o ambos, resultara irremediablemente dañado.

Las máquinas deben estar al servicio de los hombres, no los hombres al servicio de unas máquinas que a su vez están al servicio de otros hombres.

La ciega confianza en la fiabilidad de las redes se estaba diluyendo a marchas forzadas, debido a lo cual ningún *broker* de los que dos semanas atrás realizaba una operación multimillonaria se atrevía a decir una palabra por miedo a tener que comerse la lengua.

Los tan traídos y llevados «derivados a futuro» se sumieron en la nada, puesto que tal vez ya no habría futuro para ellos, por lo que inmensas sumas de dinero sin destino aparente quedaron flotando como negros nubarrones que amenazaran con tragarse los gigantescos edificios de acero y cristal de los hasta entonces intocables bancos internacionales.

Invertir ese dinero en bolsa provocaría un disparatado aumento de sus cotizaciones, lo cual llevaría a un *crack* semejante al del año veintinueve, porque las acciones valían lo que valían y quien las compraba a un precio demasiado alto acababa pagando terribles consecuencias.

Miles de usuarios de las redes se sumaron al párrafo que exigía acabar con la explotación infantil y la semiesclavitud a que algunas empresas sometían a los trabajadores de países del Tercer Mundo, proponiendo un boicot a sus productos con el fin de conseguir una sociedad más justa y ordenada.

Debido a ello, Claudia no pudo ocultar su satisfacción en el momento de depositar sobre la mesa de la cocina un montón de periódicos.

—Los aviones han comenzado a aterrizar en los países más necesitados, se anuncia una fuerte rebaja en el precio del petróleo y se están cerrando miles de portales dañinos.

—Lástima que no podamos verlo.

—Es el precio de la fama. Resulta curioso, porque millones de personas admiran a Medusa, otras tantas lo odian, pero tan solo una sabe quién eres y que tendrás que pasarte el resto de la vida enclaustrado.

—No es un futuro demasiado halagüeño.

—Pero es tu futuro a cambio del de una ingente cantidad de desesperados que están rehaciendo sus vidas. Tan solo en ese periódico hay casi doscientas ofertas de trabajo para telefonistas, y las oficinas de empleo no dan abasto. Deberías sentirte orgulloso.

—El orgullo puede perdernos. Ocurre a menudo.

—Lo sé, y por eso debemos permitir que sean otros los que hablen por ti. De momento lo están haciendo y bien alto.

—¿Durante cuánto tiempo? A menudo los fenómenos de movimiento de masas son como castillos de arena; desaparecen con la subida de la marea.

—En ese caso construiremos un castillo mayor, atacando una gran ciudad.

—No me gusta la palabra «atacar»; significa violencia.

—¿Y qué han estado haciendo ellos, sino utilizar una violencia silenciosa contra los derechos y las libertades de quienes se han quedado sin trabajo? Si conseguimos que una sola telefonista, ¡una sola!, pueda ganarse la vida honradamente, cuanto hagamos habrá valido la pena.

—Me preocupa el daño que puedo causar.

Claudia opinaba que no estaba causando daño, sino que por el contrario limitaba al máximo ese daño, puesto que había elegido sacrificar su libertad al condenarse voluntariamente a un eterno ostracismo.

—Si salieras de aquí y te dieras un paseo por media Europa, a lo cual tienes perfecto derecho puesto que lo que ha sucedido no es culpa tuya, el desastre alcanzaría tales proporciones que, sin sistemas de vigilancia y comunicación, jamás conseguirían saber quién eres. Vivirías de la misma forma que viviría el resto del mundo, y no como ahora, encerrado y con miedo a que te maten. Aceptaré la decisión que tomes, puesto que para bucear no necesito internet ni teléfono móvil, y si me pasé media vida sin ellos me puedo pasar de igual modo la otra media.

—Es un nuevo punto de vista.

—Es el real, y ahora confiésame que has sido capaz de preparar alguna de las maravillosas recetas que dejó la viejecita.

Mientras cenaban, Claudia le contó lo que había ocurrido en París, por lo que él no pudo por menos que chasquear la lengua en un evidente gesto de desaprobación:

—¡Pobre hombre! ¡Menuda decepción...!

—Si quieres que te diga la verdad, me sentí incómoda; era un auténtico caballero. Y viudo.

—¿Acaso ser viudo es un mérito añadido?

—En un caso como este, sí. No hacía daño a nadie.

—Lo tendré en cuenta; si se me presenta una ocasión me haré pasar por viudo.

Capítulo Doce

—¿Alquiló usted una suite en el Arc-Palace el 6 de septiembre?

—Si lo pregunta es porque debe de saberlo, y si lo sabe no veo a qué viene la pregunta.

—Podría darse el caso de que alguien hubiera hecho un uso fraudulento de su tarjeta de crédito.

—Le aseguro que la firmé personalmente.

—En ese caso le agradecería que me aclarara por qué razón no llegó a utilizar la habitación.

—La persona con la que esperaba compartirla no acudió.

—Me temo que está faltando a la verdad; la persona a la que esperaba acudió, puesto que a las siete cuarenta y dos de la tarde envió desde esa habitación un largo correo electrónico del que tenemos copia.

Monsieur Gaston Villard abrió la boca con intención de dejar escapar una palabra malsonante, pero se arrepintió en el acto y se llevó la mano al labio inferior, masajeándoselo como si ello contribuyera a tranquilizarlo, antes de inquirir:

—¿Se trata de un delito en el que me encuentre implicado? ¿Alguna especie de estafa cibernética?

—De momento no puedo aclárárselo. ¿Quién era esa
persona?

—Una mujer.

—Eso lo daba por supuesto... Pero ¿quién?

—Lo único que sé es que se llama Sara o al menos eso
dijo. Y que está casada con un diputado... O al menos
eso dijo.

—¿Cuándo y dónde se conocieron?

—Un par de horas antes, en el bar de la esquina.

Dan Parker observó al hombre que se sentaba al otro
lado de una enorme mesa de dibujo y no abrigó la menor
duda sobre su sinceridad, ya que se le advertía incómodo
y en cierto modo humillado, pero no inquieto.

—¿Puede describirla?

—Unos cuarenta años, guapa, elegante, con mucha
clase y sobre todo increíblemente culta.

—Veo que dibuja muy bien. ¿Sería capaz de hacer un
retrato-robot?

—Desde luego, pero no pienso hacerlo a no ser que
haya cometido un delito. No estoy dispuesto a contri-
buir a que un marido presente una demanda de divorcio
contra alguien que está claro que en este caso se arrepintió a tiempo.

—¿Y no le ofendió ese arrepentimiento?

—Bastante, pero duró poco, porque desde el primer
momento me pareció demasiado bonito para que acabara bien. Como puede advertir no soy un Adonis, y si ni
siquiera a los treinta se me había presentado una oportunidad semejante no iba a confiar en que se me presentara
a los cincuenta y seis.

—Pese a ello no dudó en pagar por adelantado la habitación de un hotel de gran lujo.

—Si quieres que te toque la lotería tienes que comprar el billete por caro que parezca. Se trataba de un auténtico premio gordo.

—Resulta usted una persona muy especial para verse metido en este lío; he estudiado su expediente y no tiene ni siquiera una multa de tráfico.

—Eso no se debe a que sea especial, sino a que no tengo coche.

Dan Parker recibió la respuesta casi como si le hubieran propinado un doloroso coscorrón en su amor propio, pero antes de que le diera tiempo de hacer ningún comentario su interlocutor le hizo notar:

—Como puede ver, trabajo en casa y vivo a doscientos metros del Arco de Triunfo. ¿Para qué necesito coche, si además este edificio no tiene garaje?

—¡Lógico!

—En ese caso, y a no ser que tenga la intención de acusarme de algo concreto, le rogaría que me permitiera seguir trabajando, aunque tan solo sea para pagar esa dichosa factura. ¡Menudo palo me dieron sin molestarse ni en cambiar las sábanas!

—¿O sea que no está dispuesto a colaborar?

—A no ser que se trate de un delito, no.

Dan Parker se lo pensó largo rato, pareció comprender que la decisión de su oponente era firme y, tras encogerse de hombros, puntualizó:

—Como antes o después me vería obligado a confesárselo, le aclararé que fue desde esa habitación y a esa hora desde donde el grupo terrorista Medusa colocó en la red su famoso «Manifiesto Reivindicativo».

El anonadado Gaston Villard a punto estuvo de caerse del taburete sobre el que estaba acostumbrado a permanecer durante horas, y tras mordisquear la goma de borrar de la parte superior del lápiz que tenía en la mano, emitió un largo silbido de admiración antes de comentar:

—Arremeter contra los poderosos desde uno de los mejores hoteles de París resulta desafiante y paradójico, ¿no cree?

—¡Desde luego! Y esa es una de las razones por las que nos encontramos tan desconcertados. Necesito saber si, ahora que conoce nuestras razones, está dispuesto a colaborar.

—¡Ni por lo más remoto!

—¿Y eso?

—Me encanta ese manifiesto. ¿A usted no?

—¿Tiene usted alguna idea de lo que ocurrirá si esos locos continúan con sus alucinaciones?

—No, pero sí que tengo una clara idea de lo que ocurrirá si esos locos no continúan con sus alucinaciones. Yo diseño edificios en los que vive gente que a su vez trabaja y construye cosas, mientras que esos a los que usted pretende que ayude se limitan a mover dinero de un lado a otro, y eso ni quita el hambre ni protege del frío.

—Pero esa mujer se ha burlado de usted de una forma vergonzosa.

—Admito que me molesta, pero ahora que conozco sus razones le agradezco que me eligiera, porque estoy disfrutando más que si hubiera conseguido acostarme con ella. Ese placer tan solo hubiera durado unos minutos, pero supongo que esta satisfacción me acompañará toda la vida.

—¿Y qué dirá cuando su dinero desaparezca del banco?

—¿Qué dinero? Casi todo lo que gano tengo que dárselo a mis hijos, que están pasando apuros con sus hipotecas, y para una vez que no lo hago me lo quitan los del Arc-Palace. ¡Dios! ¡Qué mujer! Me gustaría volver a verla para besarle los pies.

Dan Parker lo observaba diciéndose a sí mismo que cada día conocía peor a la raza humana, o por el contrario, que cada día la conocía mejor, puesto que en lo más profundo de su alma admitía que a él también le habría encantado besarle los pies a una hermosa mujer elegante y culta que osaba enfrentarse tan descaradamente al sistema establecido.

¿Por qué lo hacía? ¿Por qué no se limitaba, como todos, a disfrutar de cuanto tenía, que al parecer era mucho?

Lanzó un reniego limitándose a advertir seriamente:

—Le tendré vigilado.

—Pues perderá el tiempo, porque si «Sara» es tan lista como parece, seré la última persona a la que se aproxime.

—Está jugando con fuego.

—¡Y me encanta! Desde que mi esposa murió lo único que he hecho es molerme el culo en este taburete o en el de la barra del bar de la esquina. Ahora me siento partícipe de una maravillosa aventura.

—Pues si realmente quiere participar en «una maravillosa aventura», lo mejor que puede hacer es ayudarme, porque por las redes empiezan a moverse infinidad de locos, extorsionadores y estafadores que lanzan mensajes absurdos haciéndose pasar por Medusa. La sociedad se está dividiendo en dos facciones: la de los que la enaltecen y la de los que se esfuerzan por borrarla de la faz del planeta, pero como no estamos en disposición de desenmascarar a los impostores, necesitamos algo que nos garantice que esos mensajes provienen de los auténticos... ¿Se le ocurre alguna forma de conseguirlo?

—Intentaré ayudarle, siempre que eso no ponga en peligro a «Sara».

Capítulo Trece

El pequeño restaurante abría sus puertas sobre un desvencijado embarcadero de madera al que aún permanecían atadas las dos barcas que solían utilizar algunos clientes cuando querían darse un baño lejos de la orilla o perderse entre la arboleda de la ribera opuesta.

Aquel constituía un lugar ciertamente paradisíaco, aunque en esos momentos, con el local cerrado, era francamente aburrido.

Mientras Claudia se encontraba de viaje, que por desgracia solía ser la mayor parte del tiempo debido a que, según sus propias palabras, tenía que desplegar «una logística digna del desembarco de Normandía», su esposo se entretenía en repintar el exterior del vetusto edificio, leer o intentar llevar a la práctica las recetas que tan amablemente había dejado anotadas la anterior propietaria.

Sin radio, televisión ni conexión a internet, dejaba pasar largas horas sentado en el columpio que colgaba de las ramas de un castaño, reflexionando sobre cuanto le estaba sucediendo y sobre que tal vez había llegado el momento de vencer sus reticencias y comenzar su propio libro, aunque continuara abrigando serias dudas sobre su capacidad de contar su historia e incluso sobre la utilidad de hacerlo, puesto que jamás conseguiría publicarla.

Quizá resultara interesante expresar, si es que era capaz de hacerlo con palabras escritas —que demasiado a menudo poco tenían que ver con las habladas—, lo que experimentaba en su fuero interno un ser humano que se veía investido de unos poderes que superaban todo lo imaginable, pero que lo convertían en rehén de ellos.

Nadie que él recordara había pasado de no ser nada a serlo todo, pero condenado al anonimato y a sentirse harto incómodo en un papel que jamás había deseado.

Nada más lejos de su ánimo que renegar de un anonimato al que estaba acostumbrado, puesto que como traductor siempre se había mantenido en un discreto segundo plano, preocupado más por acrecentar el brillo del autor que del suyo propio, pero ansiaba volver a los tranquilos tiempos en que podía iniciar largas caminatas sin destino aparente, sin temor a que le fuera en ello la vida.

Algunos descerebrados habían elevado ya al desconocido líder de Medusa a la categoría de futuro emperador del mundo, pero su trono lo constituía un viejo columpio que colgaba de un castaño, y su corte, una docena de patos que lo seguían a todas partes y a los que en ocasiones descubría durmiendo a los pies de la cama.

Días atrás una bandada de gansos había sobrevolado la casa en su migración anual, pero casi a los pocos instantes las aves dieron media vuelta, se posaron en el lago y acudieron a concentrarse en el punto donde se encontraba, observándolo con curiosidad mientras intercambiaban sonoros graznidos.

Media hora después reemprendieron la marcha, con lo cual resultó evidente que atraía a la mayoría de los animales, excepto a las truchas, puesto que seguía sin capturar ninguna, y a las vacas, que por alguna extraña razón procuraban mantenerse a distancia.

Alguna explicación debía de haber, pero hacía ya tiempo que había renunciado a hallar cualquier tipo de razón sobre lo que le acontecía, al igual que había renunciado a intentar descubrir la identidad de quienes se empeñaban en acompañarlo a todas horas pese a que jamás hicieran acto de presencia.

Por allí pululaban, sin ayudarlo a regar las plantas o pintar las fachadas, pero sin molestarlo, como mudos espectadores que acudieran a un programa televisivo en el que ni siquiera se les exigiera aplaudir.

A veces incluso se ausentaban.

Una calurosa tarde en que se encontraba inmerso en la dura tarea de intentar concluir la cuarta página de un libro del que presentía que no llegaría a finalizar ni el primer capítulo, le desconcertó advertir que por la orilla del lago se aproximaba una espectacular muchacha. La joven se cubría con un sencillo vestido que resaltaba aún más la esplendidez de su figura, a la par que lucía una larga y alborotada melena roja que enmarcaba la perfección de un rostro dominado por unos inmensos ojos de un azul de mar profundo.

Tuvo la sensación de verla surgir de una revista de modas o de una publicidad de perfumes navideña, y cuando se aproximó, su sonrisa parecía formar parte de un anuncio de dentífrico que hubiera sido grabado cien veces antes de conseguir que quedara perfecto.

—¡Hola! ¿Dónde están los Gisclar?

—En Córcega.

—¿Y tú quién eres?

—El nuevo dueño del restaurante.

—Tienes cara de cualquier cosa menos de dueño de restaurante de la campiña francesa, pero si dices que lo eres, no tengo por qué dudarlo. ¿Puedo usar tu embarcadero? Cuando salgo del agua por otra parte me ensucio de fango.

—Naturalmente.

La observó, asombrado, mientras dejaba caer el vestido quedando con los firmes pechos al aire, casi como una reproducción viviente de la diosa Venus que aguardara a que el mismísimo Sandro Botticelli renaciera para volver a pintarla, destacando aún más su espectacular melena color fuego que caía en libertad por su espalda desnuda.

No pudo evitar que la sangre se le alterara y el corazón comenzara a latirle con inusitada fuerza, le invadió la ansiedad, intentó en vano apartar la mirada de sus muslos, que parecían tallados en mármol, y casi se cayó de espaldas cuando sin previo aviso la excepcional criatura alzó la mano y se despojó con desconcertante naturalidad de la peluca para colocarla sobre la mesa.

Su cabeza, perfecta, aparecía no obstante absolutamente calva, y al advertir el desconcierto de quien la observaba boquiabierto, comentó mientras se introducía en el agua:

—Tengo cáncer, pero no debes compadecerme; no tendré que soportarlo durante mucho tiempo.

—¿Te estás curando?

—¡Oh, no! ¡Ojalá fuera así! Es que me moriré dentro de un par de meses.

—¡Bromeas...!

—¿Bromearías con algo así? Mis padres han muerto y mis tres hermanas, dos de ellas gemelas, también, por lo que hace tiempo que me hice a la idea. Es algo genético, así que no tengo derecho a quejarme; si mis padres me proporcionaron las razones para nacer, debo aceptar que también me las dieran para morir. En el fondo, siempre ha sido así; cada cual es la suma de sus padres y de sí mismo.

No respondió, sabiendo que cualquier cosa que dijera carecería de sentido, puesto que ni él ni nadie estaba preparado para hablar con naturalidad de la vida y la muerte con una muchacha semidesnuda y calva que se bañaba entre una docena de patos, y que al poco inquirió, tras lanzar al aire un chorro de agua:

—¿Te importaría traerme mi toalla? Madame Gisclar la guarda en un cajón de la cocina, entrando a la derecha; es una azul con rayas blancas.

Fue a buscarla, aún negándose aceptar que lo que estaba sucediendo fuera cierto. Admiró a tan deslumbrante personaje mientras se sumergía y volvía a emerger como si se sintiera más a gusto en el agua que en tierra firme, y en el momento de tenderle la mano con intención de ayudarla a salir, experimentó un violento escalofrío que le recorrió de la nuca a los talones.

A ella debió de ocurrirle algo semejante, puesto que se quedó muy quieta, inspiró profundamente y al poco lanzó lo que parecía un largo suspiro de placer.

—¡Dios Santo! Es como si acabaras de inyectarme morfina. Aseguran que hay gente que cuando impone las manos alivia a los enfermos, pero siempre supuse que eran paparruchadas.

—Tampoco yo creo en esas cosas.

—Pues me has calmado el dolor. ¿No sabías que tienes el «don»?

—¡Tonterías!

—¿Tonterías...? ¡Qué sabes tú de dolor? Hace años que convivo con él y es como si un incansable ratón me royera las entrañas hora tras hora, día tras día, año tras año. Tan solo la morfina lo aplaca, a costa de dejarme atontada, pero tú lo has conseguido y me siento más lúcida que nunca.

Aún con el agua a la cintura y rodeada de patos, le aferró con fuerza la mano, lo obligó a tomar asiento en el primer escalón del embarcadero y cerró los ojos inspirando profundo, como si estuviera experimentando un fabuloso y silencioso orgasmo.

—¡Dios Bendito! Había olvidado lo que es vivir sin dolor. ¿Quién eres y de dónde has salido? ¡No! No hace falta que me lo digas; aunque fueras el hombre más poderoso de la tierra no obtendría esta sensación de alivio que jamás supuse que volvería a experimentar.

Y lo que decía era cierto; aquella deslumbrante mujer con cuerpo de diosa, ojos de mar profundo y cabellos de fuego que parecía llamada a convertirse por méritos propios en una indiscutible estrella de la moda o la pantalla, había perdido tiempo atrás cualquier esperanza de futuro al ver cómo todos los miembros de su familia iban cayendo como los pétalos de un capullo que nunca acabaría por convertirse en flor.

La enfermedad maldita, aquella que al parecer portaban en la sangre o en los huesos, se había mantenido oculta y al acecho durante largos años, dulces años en los que cuatro preciosas niñas se fueron transformando en cuatro bellas adolescentes mientras compartían los sueños que esperaban que se hicieran realidad cuando se hubieran convertido en cuatro hermosas mujeres.

Fue entonces cuando el mal, el más odiado entre todos, decidió entrar a saco en un hogar feliz y machacarlo.

«Machacar» no era tal vez la palabra apropiada para expresar el inmenso sufrimiento que el cáncer causaba a los seres humanos, pero sí para describir cómo iba golpeando a toda una familia con la fuerza y la insistencia del martillo de un cruel herrero que se divirtiera trasladándola del fuego al yunque y del yunque al fuego.

En el corto transcurso de tres años había muerto de pena antes de sentirse plenamente preparada para morir de cáncer, puesto que con cada miembro de su familia que enterraba, enterraba también una parte de sí misma. Se convirtió por ello en asidua visitante de clínicas y hospitales, en los que se prestó a toda clase de pruebas, ofreciéndose como conejillo de Indias a fin de que los especialistas estudiaran en profundidad las razones de tan envenenada herencia familiar.

También pasó a ser impagable consuelo de abatidos enfermos cuando debía ser ella la consolada. Los ocho meses anteriores los había dedicado a intentar transmitir a otros su entereza, pero ahora, sabiéndose ya en la última singladura de tan difícil travesía, había decidido regresar al lugar donde había pasado los únicos diecinueve veranos de su vida.

Ya no la acompañaban sus hermanas ni sus padres, y al parecer tampoco estarían con ella los amables ancianos que cada once de agosto le preparaban una preciosa tarta de cumpleaños, pero en su lugar había encontrado a un hombre cuya piel parecía constituir un auténtico regalo de los dioses.

Ninguna persona que no estuviera tan enferma como ella o padeciera el malestar que sufría día y noche estaba en situación de imaginar lo que significaba un minuto de descanso o un segundo de relajación.

Aquel tipo de dolor gritaba interiormente sin que nadie pudiera oírlo o tan siquiera imaginar hasta qué punto rugía, y su repentino silencio era como internarse en el reino de los cielos tras una larga marcha entre los aullidos de cuantos ardían entre las llamas del infierno.

—Quiero morir aferrada a tu mano.

—¿Por qué la gente tiene tanto empeño en morir prematuramente?

—Será porque la vida los ha abandonado sin haber abandonado antes su cuerpo. Vivir no solo significa respirar; también significa esperar, y si no esperas nada es como si no respiraras. Ese es mi caso.

La obligó a salir del agua y a continuación la cubrió con la enorme toalla azul y blanca para acabar por acomodarla en una silla.

—Tal vez lo que has dicho sea cierto; no puedo saberlo, porque jamás me he encontrado en semejante tesitura. Pero si ya no esperabas nada, y tal como aseguras el hecho de tocarme te alivia, significa que estabas en un error y siempre cabe esperar una sorpresa.

—¿Te gusta jugar con las palabras?

—En cierto modo es mi oficio, pero no viene al caso.

Le secó con brío la cabeza, le colocó cuidadosamente la peluca y se apartó un poco a fin de observarla con atención.

—No sé si estás más guapa con ella o sin ella —añadió—, pero al menos evitará que se te enfríen las ideas. Y ahora intentemos explicarnos de una forma racional por qué se supone que consigo aliviarte.

—No sé por qué te preocupa tanto encontrar la lógica a las cosas cuando sospecho que cuanto te rodea carece de lógica. Sin embargo, te aclararé que está demostrado que el contacto humano es terapéutico, aunque no al extremo de hacer desaparecer de inmediato el dolor. Si no acumulara tantas horas de hospital sopesaría la posibilidad de considerarte una especie de placebo que me obliga a imaginar que alivias mi enfermedad, pero lo cierto es que no creo que hayas mejorado mi salud; tan solo has reducido mi sufrimiento.

Carecía de argumentos con los que rebatir los argumentos de alguien que, evidentemente, era experta en lo que hablaba, por lo que se limitó a inquirir:

—¿Por qué crees que cuanto me rodea carece de lógica?

—Tú sabrás; yo tan solo lo presiento, pero no es cuestión de ponerse a discutir, y como además tengo un hambre de lobo, cosa que no me ocurría desde hace años, lo mejor que puedes hacer es invitarme a cenar.

—¿A estas horas?

—En Francia, cualquier hora es buena para desayunar, almorzar, cenar o merendar.

Fue en realidad una pantagruélica merienda-cena bajo la luz de un sol que comenzaba a declinar, regada con un excelente vino de Burdeos y toda clase de apetitosos manjares excepto paté, visto que en cuanto hacía su aparición los patos solían ponerse nerviosos y comenzaban a revolotear, protestar y cagarse por todas partes.

—Ya había advertido que no les agrada que me coma el hígado de sus congéneres. Quizá lo reconozcan por el olor.

—Pues menos mal que no son gorrinos, porque con

tanto jamón y chorizo como hay por aquí lo pondrían todo hecho un asco... —Al advertir que su anfitrión tenía la intención de levantarse a limpiar la suciedad que había dejado una de las aves, lo retuvo aferrándolo por el brazo—. ¡Déjalo! Llevo años en un entorno tan aséptico que no me vendrá mal un poco de mierda de pato, puesto que está claro que el exceso de limpieza no ha conseguido salvarme la vida. En realidad echaba de menos ciertos olores.

—Pues por olores que no sea, porque este queso apesta a diablos.

Cierto era, y cierto también que la muchacha parecía disfrutar de cuanto le ponía delante, devorándolo como si fuera la primera vez que comía o como si pensara que sería la última vez que lo hiciera sin que «un insaciable ratón» le estuviera royendo continuamente las entrañas.

Cuando al fin se dio por satisfecha, pese a lo cual aún siguió picoteando un poco de aquí y allá, colocó los pies sobre una silla y, mientras mantenía una mano apoyada sobre la de su acompañante, en la otra sostenía una enorme copa de coñac que aspiraba con delectación y sorbía a pequeños tragos.

—Esto es tan fabuloso que se me ponen de punta hasta los pelos de la peluca... ¡Te compro!

—No estoy en venta.

—¿Y en alquiler...?

—Es posible.

—No creo que fuera por más de un par de meses, y a cambio te dejaría en herencia la casa de la colina. Podrías convertirla en un hostal.

—¿Te importaría dejar de decir tonterías?

—No es ninguna tontería. ¿Estás casado?

—Un poco.

—¡Lástima! Aunque bien pensado le pediré tu mano a tu mujer advirtiéndole que se puede quedar con el resto.

Al comprobar la profundidad del desconcierto de su acompañante no pudo por menos que sonreír al tiempo que le guiñaba un ojo.

—Deberías dejar de sorprenderte por mi forma de expresarme; la muerte es como esos políticos que se toman muy en serio a sí mismos y lo que más les molesta es que los menosprecies. Cierto es que siempre acaban venciendo, pero lo consiguen no por ser quienes son, sino porque son lo que son. La muerte siempre vence, pero la suya es una victoria que no tiene ningún mérito, y me encanta hacérselo comprender.

* * *

Prensa, radio, televisión y la inmensa mayoría de los canales de internet recogieron con gran despliegue de medios un sorprendente comunicado, respaldado por un gran número de gobiernos, por el que se rogaba a la organización autodenominada Medusa que proporcionara pruebas sobre la autenticidad de sus comunicados con el fin de desechar los chantajes, amenazas o disparatadas exigencias del incontable número de impostores que habían surgido de la noche a la mañana.

Para ello ponían a su disposición el teléfono, el fax y el ordenador de una habitación que al parecer tan solo los miembros de Medusa conocían, en un hotel que al parecer tan solo los miembros de Medusa conocían, en una ciudad que al parecer tan solo los miembros de Medusa conocían. Era a ese lugar concreto al que debían llamar o enviar sus mensajes, por lo que ninguna otra demanda hecha en su nombre sería tenida en cuenta viniera de donde viniera y la firmara quien la firmase.

Y es que el abrumado Dan Parker había llegado a una lógica conclusión: únicamente el burlado Gaston Villard y la elegante dama que se hacía llamar «Sara» podían saber a qué demonios se estaban refiriendo.

El arquitecto se había comprometido a guardar silencio siempre que le permitiera «continuar participando en el juego», aunque no obstante había señalado a modo de advertencia:

—Y no intente apartarme por la fuerza, porque si algo me ocurriese, un amigo abriría una caja fuerte y desvelaría cuál es esa misteriosa habitación y cuál es ese misterioso hotel.

—¿Me cree capaz de hacerle daño?

—Rotundamente sí... ¿O no?

—Desde luego, en este caso hay demasiados intereses en juego y si me lo exigieran me pondrían en un dilema, porque usted me cae bien.

—Pues ahí lo tiene. Si me ocurre algo, se quedará sin canal de comunicación y en ese caso nunca podrán saber cómo va a reaccionar Medusa. Entiendo que lo que yo diga carece de importancia, pero como soy el único que conoce a «Sara», opino que la confianza mutua es lo único que conseguirá que no salgamos malparados.

—¿Y en qué se basa?

—En que mientras la consideré «un ligue fallido» intenté olvidarla, pero posteriormente me he esforzado por recordar cada palabra de una conversación durante la que pude percibir que dudaba entre el miedo y la convicción. En aquellos momentos lo atribuí a que se estaba planteando irse a la cama con un extraño, pero empiezo a comprender que el tema iba mucho más allá; se estaba planteando acabar o no con un modelo social equivocado.

Evidentemente Gaston Villard se había dejado embaucar por una hermosa mujer, pero eso no significaba que fuera estúpido, y la mejor prueba estaba en que las estadísticas demostraban que eran más los embaucados por mujeres hermosas que los auténticos estúpidos.

Su comprensible deseo de pasar una tarde inolvidable en la suite de un fabuloso hotel en compañía de una elegante dama le había nublado momentáneamente el sentido, pero la nueva situación le había obligado a recapacitar, por lo que pasaba mucho tiempo anotando detalles de aquella sorprendente tarde e incluso realizando algún que otro pequeño esbozo del rostro de quien lo había utilizado para unos fines tan extraños. Se consideraba un magnífico dibujante, pero casi de inmediato rompía lo que había hecho.

Aquella «apasionante aventura» de la que había entrado a formar parte como mero figurante le estaba permitiendo escapar de la diaria rutina del trabajo y las tardes perdidas en el bar de la esquina, debido a que además compartía bastantes de las reivindicaciones exigidas.

Había sido feliz en otros tiempos pese a que sus comienzos fueran difíciles, y siempre estuvo satisfecho con el trato y el respeto que recibió de su esposa y sus hijos, mientras que ahora le amargaba advertir que esos hijos no conseguían seguir adelante por mucho que se esforzasen y, además, no se sentían respetados por sus propias familias.

Aceptaba que «lo nuevo no es siempre lo mejor», y

siendo como era un hombre equilibrado pese a que se hubiera gastado una pequeña fortuna pagando una habitación que nunca llegó a usar, consideraba que, en efecto, había llegado el momento de detenerse a elegir, aunque solo fuera porque aún estaba en edad de hacerlo.

Los jóvenes siempre buscaban guerra, y los ancianos, paz, o sea que debían ser los cincuentones los que equilibraran la balanza.

Empezaba a estar harto de la repetitiva cantinela de los políticos, «seguiremos trabajando», que parecía ser lo único que eran capaces de decir a la hora de justificar sus rapiñas y fracasos, y agradecía que alguien intentara enviarlos a «dejar de seguir trabajando», lo que venía a ser lo mismo que impedirles robar y manipular.

Una vez más se concentró en la difícil tarea de conseguir un retrato aceptable de la mujer que comenzaba a obsesionarle.

En aquel mismo momento el objetivo de tan comprensible obsesión circulaba por una solitaria carretera, y lo hacía despacio no solo porque se encontrara cansada, sino sobre todo porque no quería llegar de noche a su destino, sabiendo por experiencia que en la oscuridad solía perderse por los intrincados caminos que conducían al restaurante.

Llegó por tanto a poco de amanecer, subió al dormitorio procurando que los deteriorados escalones no crujieran, y le desconcertó descubrir a su marido tendido en la cama y asido de la mano de una hermosa muchacha.

Ambos estaban vestidos y la escena le recordó el famoso mausoleo de los Amantes de Teruel. Estaba a punto de abandonar la estancia cuando él abrió los ojos, sonrió y le hizo un gesto rogándole silencio.

Salieron de puntillas cerrando la puerta a sus espaldas, y mientras comenzaba a prepararle el desayuno comentó:

—Es la primera vez en años que consigue dormir toda la noche.

Cuando hubo concluido un breve relato de cuanto había sucedido durante el sorprendente día anterior, Claudia no pudo por menos que señalar:

—Lo tuyo empieza a ser preocupante.

—Es posible, pero prefiero aliviar a los enfermos que provocar el caos.

—¿Conseguirás curarla?

—¿Y yo qué sé? ¿Acaso crees que tengo la menor idea de lo que hago, por qué lo hago y hasta cuándo lo haré? Desde que comenzó este maldito embrollo me siento como el globo que se le hubiera escapado a un niño y flotara de aquí para allá, dudando entre llegar a la estratosfera o desinflarse.

—Curiosa comparación.

—No es mía; la saqué de un libro.

—¿Hay algo que no hayas sacado de un libro?

—A ti. Y ciertamente eres digna de haber salido de uno.

—Eso te ha quedado muy lindo y muy romántico. Te demostraría mi agradecimiento tal como te mereces, pero la única cama de la casa está ocupada.

—Ya no.

Se volvió a mirarla, recortada en el quicio de la puerta y con la roja melena iluminada por un sol tempranero, por lo que no pudo por menos que exclamar:

—¡Dios santo! ¡Eres preciosa!

—Por fuera, porque por dentro estoy hecha un asco. ¡Tengo hambre!

Tomó asiento y mientras Claudia le colocaba delante una taza, inquirió:

—¿Por cuánto me alquilas a tu marido?

—Un euro al día me parece un precio razonable.

—¿Siempre habéis sido así?

—Últimamente, y si tú siempre has sido así nos obligarás a serlo siempre.

—Fui caprichosa y engreída hasta que llegó y me bajó los humos.

—¿Quién llegó?

—¿Quién va a ser...? La muerte.

A Claudia le tembló el pulso, por lo que derramó el café que estaba sirviendo, y mientras secaba el hule que cubría la mesa se disculpó:

—¡Lo siento!

—Más lo siento yo, porque debería ser más comedida. Me enfurece no tener a quién echar la culpa de lo que ocurre, lo que en ocasiones me induce a hablar demasiado. Será mejor que me marche.

—¡De eso nada! Te quedarás aquí y os ayudaréis mutuamente, porque este mentecato también tiene graves problemas y he de marcharme.

—¿Y eso...?

—Eso lo explicaré luego, querido.

La muchacha se apoderó de la taza de café y del sándwich que se estaba comiendo y se encaminó a la salida mientras señalaba:

—Ya había notado que también tenéis problemas, por lo que creo que es momento de dejaros a solas.

En cuanto hubo desaparecido, Claudia apuntó:

—¡Y además es lista...!

—Mucho.

—¿Te enamorarás de ella?

—Probablemente... ¿Por qué tienes que irte?

—Porque las cosas se están complicando.

Le hizo un pormenorizado relato de cuanto había ocurrido durante los últimos días, haciendo hincapié en el mensaje que habían reproducido los medios de comunicación ofreciendo un número de teléfono, un fax o un correo electrónico a los que tan solo ella estaba en disposición de acceder, porque era la única que sabía a qué hotel hacía referencia. Como colofón señaló, segura de sí misma:

—Y me temo que pueda tratarse de una trampa. He leído que los servicios de seguridad americanos disponen ahora de «ordenadores cuánticos» que detectan de inmediato cualquier señal que parta de cualquier lugar del mundo y que son infinitamente más rápidos que los normales, abarcando todo el espectro de señales y códigos y descifrando incluso los de alta seguridad que se emplean para proteger secretos de estado.

—Pronto no podremos tirarnos un pedo sin que se enteren.

—Sobre todo los tuyos, que despiertan a una marmota. Me parece lógico que quieran estar seguros de la autenticidad de nuestros mensajes, pero sospecho que los utilizarán para localizarnos.

—¿Y qué pretendes hacer?

—Ser más lista que ellos.

—Si disponen de unos sistemas tan sumamente sofisticados para detectar desde dónde llamas, lo veo difícil. Siempre hemos estado de acuerdo en que no eres ninguna experta en tecnología.

—No lo soy, pero piensa... Ya sé que no es lo tuyo, pero piensa.

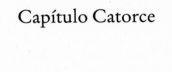

Capítulo Catorce

—Le estoy pagando una fortuna para que encuentre a esa gente y ponga fin a este estropicio de inmediato. Tal como suele suceder, ese estúpido Gabinete de Crisis ha acabado en fracaso y nadie tiene la menor idea de lo que ocurre, o sea que, por mucho que me cobre, lo consideraré una minucia en comparación con lo que estoy perdiendo. Corte las cabezas que tenga que cortar, pero hágalo ya.

—No es tan sencillo, porque los grandes problemas, como los grandes árboles, parten de una pequeña semilla, por lo que la solución casi siempre se encuentra en sus orígenes. Mis hombres han ido al pueblo donde empezó todo, y, aunque mucha gente lo ha abandonado, otra ha acudido en busca de trabajo, lo cual complica las cosas, ya que las informaciones resultan un tanto confusas.

Sidney Milius, ideólogo, fundador, presidente y en la práctica único accionista de la mayor red de piratería informática de ámbito mundial, observó con gesto de desagrado a su interlocutor, considerado el jefe indiscutible de una de las más reputadas y peligrosas familias del crimen organizado también a nivel mundial.

Bajo la cobertura de una cadena de periódicos, que en realidad tan solo era una de las muchas ramas de sus empresas, Dante Sforza se encontraba siempre al corriente de cuanto sucedía, vendiendo información, difundiendo falsas noticias comprometedoras y eliminando de forma harto expeditiva cualquier obstáculo que pudiera interponerse en el camino de sus muy exclusivos clientes.

Solía decirse que allí donde no llegaban los servicios de inteligencia de las grandes potencias, llegaban sin el menor problema los sicarios de Dante Sforza.

Ambos hombres, casi tan conocidos por sus actividades delictivas como por sus ejércitos de abogados sin escrúpulos que se las ingeniaban para evitar que se sentaran en los banquillos de los acusados, solían ser extremadamente precavidos, y por dicha razón se habían citado en un área de descanso de la carretera que unía Niza con Montecarlo, un mirador solitario y alejado de miradas indiscretas o escuchas inoportunas.

El que se preciaba de saber cuanto ocurría en cualquier rincón del planeta encendió con estudiada calma un corto pero robusto Cohiba recién importado de Cuba, antes de señalar:

—Nunca he creído en altruismos, me consta que usted tampoco, y por lo tanto no es cuestión de tragarse esa historia de exigirlo todo para los demás a cambio de nada para sí mismo.

—Pero está ocurriendo.

—A posteriori.

—¿Qué pretende decir con eso?

—Que mis hombres han estudiado el modus operandi de ese grupo, Medusa, o comoquiera que se haga llamar, y han llegado a una sencilla conclusión: lo único que están haciendo es tender una cortina de humo.

—Lo siento, pero no le sigo.

—Pues está muy claro; lo que querían ya lo han conseguido y ahora alardean de altruismo con el fin de confundir a los imbéciles.

—¿Y qué es lo que querían?

—Lo que quieren todos; dinero.

—Estaría dispuesto a darles cuanto pidieran para que me dejaran trabajar en paz, o sea que, sintiéndolo mucho, continúo sin entenderle.

El hombre del Cohiba, orgulloso de llevar el apellido de su bisabuelo Fabio, que había montado su imperio empezando como matón a sueldo allá en Sicilia, lanzó al límpido cielo de la Costa Azul un espeso chorro de humo y al fin añadió:

—Si aceptaran dinero, los servicios secretos del mundo, que son tontos pero no tanto, les seguirían la pista y pronto o tarde acabarían por atraparlos.

—Seguirle la pista a ese dinero cuando las redes de comunicación se encontraran descontroladas les iba a resultar imposible. Lo sé porque ese es mi negocio y me consta que en los lugares que han contaminado no queda nada. ¡Absolutamente nada!

—Cierto, pero no creo que les gustase vivir en un mundo con las redes de comunicación descontroladas. Sin duda prefieren jugar a ser desinteresados héroes anónimos porque de ese modo nadie recordará que el día en que comenzó este maldito embrollo cientos de millones desaparecieron sin que nadie tenga la menor idea de a dónde fueron a parar.

—¿Y, según usted, adónde fueron a parar?

—A la caja de ahorros de un pueblo español.

—¡No me diga...!

—Según mis hombres, esa es la única explicación razonable y asumible; algo extraño sucedió, los ordenadores se volvieron locos, el director advirtió que por un curioso problema informático el dinero les estaba entrando a espuertas, y decidió desviarlo a una cuenta anónima a la que tan solo él tenía acceso.

—¿El director de la sucursal?

—El mismo.

—¿Ha confesado?

—Ha desaparecido.

—Pero usted tiene fama de encontrar a quien sea dondequiera que se oculte... ¿O no?

—Así es, pero oficialmente le correspondían las vacaciones; al parecer se ha ido a Ibiza, y allí resulta muy difícil localizarle porque en esta época la isla se encuentra totalmente abarrotada de turistas.

Sidney Milius, mente preclara e indiscutible almirante de la flota de piratas informáticos que se dedicaba a despojar a millones de seres humanos de los frutos de su esfuerzo, dudó un segundo a la hora de mostrar su escepticismo.

—Si quiere que le diga la verdad, a mí toda esa historia se me antoja un tanto rebuscada.

—¿Prefiere imaginar que el caos se organizó como una especie de milagro para el que nadie tiene explicación, y que alguien con muy buen corazón y libre de toda culpa lo está aprovechando para reorganizar la sociedad a su manera?

—Más lógico me parece que esa lluvia de dinero que,

según usted, le cayó del cielo a la sucursal de un banco pueblerino.

—No sea iluso; nadie hace nada por altruismo.

Quien perdía millones a cada minuto que pasaba, y que por unos días había confiado en que el mafioso siciliano pusiera fin a tan angustiosa sangría a base de emplear la astucia o la violencia, recorrió con la vista el incontable número de yates de todas las formas, tamaños y colores que abarrotaban el puerto de Montecarlo, entre los que destacaban los casi cien metros de eslora y el negro azabache de su *Milius@.com*, considerado uno de los veinte más lujosos del mundo, antes de mascullar:

—En efecto, nadie suele ser tan altruista, pero de todo lo expuesto deduzco que, por grande que sea su organización, mucha gente que tenga a su servicio y muy capaz que le crea de volarle la cabeza a la gente sin pestañear, en lo que se refiere a Medusa está usted tan en la higuera como el resto, o sea que olvide nuestro acuerdo y devuélvame mi dinero, porque para hacer el ridículo me basto solo. Lo haré a mi manera.

Se encaminó al Rolls-Royce blanco que le aguardaba a un centenar de metros de distancia y, mientras lo hacía, añadió sin tan siquiera molestarse en volverse:

—Y más vale que no mencione lo ocurrido o haré que todas las redes sociales proclamen que la famosa y temida Familia Sforza es una mierda. ¡Habrase visto! Mafioso de pacotilla...

El así tratado, al que en la vida le habían dicho de todo menos «mafioso de pacotilla», se quedó de piedra mientras observaba el lujoso vehículo que se alejaba rumbo a Montecarlo seguido por un todoterreno ocupado por tres impasibles guardaespaldas cuya principal obligación parecía ser proteger a su jefe de sí mismo, dado su conocido mal carácter. Tras meditar sobre cuanto acababa de escuchar, indicó a su lugarteniente que se aproximara para preguntarle:

—¿Quién ha llevado este jodido asunto?

—Rugero.

—Que le aten una piedra al cuello y lo tiren al mar.

—¡Pero si es tu primo...!

—Aunque fuera mi hermano. Me ha hecho quedar en ridículo delante de ese bastardo paranoico poniendo en entredicho nuestra credibilidad. Quiero que a partir de este momento todos, ¡absolutamente todos nuestros hombres!, se ocupen de averiguar qué está pasando con la dichosa Medusa y acaben de una vez con esos malditos terroristas cibernéticos.

—¡Escucha, Dante, por favor! Sabes que nunca discuto tus decisiones, pero te suplico que reflexiones. Esto no es cosa de seres humanos, incluso puede que se trate del Altísimo, que al fin ha decidido conceder un respiro a los más necesitados.

—¿Del Altísimo? ¿Y por qué no del mismísimo Satanás?

—¡Del que sea! ¡Tanto da! Lo que importa es que la pelea es contra los muy ricos, y por lo visto van perdiendo, o sea que en estos momentos no conviene aliarse con ellos porque por mucho que te pagara ese cerdo, que en cuestión de informática se las sabe todas, podría ocurrir que a los pocos días hiciera desaparecer tu dinero de los bancos.

Dante Sforza arrojó lo que le quedaba de habano al precipicio, observó cómo caía girando sobre sí mismo, y tras lanzar un bufido con el que pretendía dejar de manifiesto sus dudas, admitió:

—Eso no lo había pensado, ya ves tú.

—Pues deberías hacerlo. La nuestra siempre ha sido una organización tradicional, con negocios basados en el juego, la prostitución, la coca, o ajustes de cuentas cuando no queda otro remedio, y durante los cuales nos pueden volar la cabeza, pero ese retorcido gusano electrónico roba impunemente a todo el mundo, destrozando a diario millones de vidas sin moverse de su yate y sin arriesgar el pellejo. Tanta modernidad nos perjudica, porque nuestra gente no está preparada para hacerle la competencia como delincuentes cibernéticos.

—Lo cierto es que el negocio ha bajado mucho desde que se juega al póquer, se venden armas e incluso se contratan putas por internet.

—¿Adónde vamos a llegar y cómo se puede controlar a semejante escoria? En uno de sus portales, pagas con tarjeta de crédito y unas chicas se masturban ante tus narices por videoconferencia.

—¿Y están buenas...?

—Hay de todo y depende del precio; las hay rubias, morenas, africanas, orientales e incluso se asegura que menores de edad que montan un numerito porno entre dos y te llaman por tu nombre invitándote a que te reúnas con ellas.

—Es que hay mucho tarado...

—No lo sabes tú bien. Y ese hijo de puta es de los que procuran que aumenten a diario.

—¡De acuerdo. Ocúpate de sacar el dinero de los bancos y guardarlo en las bodegas.

—¿Y si nos roban?

—Prefiero que nos robe un buen profesional a que el dinero se esfume. Y para robarnos necesitarán camiones, mientras que para hacer que se esfume a ese cabrón le basta con un suspiro.

—¿Y qué hacemos con Rugero?

—Que le rompan una pierna para que aprenda a no decir tonterías. ¡El director del banco...! ¿A quién se le ocurre?

Subió al vehículo, buscó un nuevo Cohiba y mientras le cortaba la punta señaló, como si se tratara de una sentencia incuestionable:

—Se supone que los enemigos de nuestros enemigos deben ser nuestros amigos, o sea que haremos bien en dejarlos en paz... —No obstante, cuando encendía el cigarro con estudiada parsimonia pareció meditarlo mejor—: ¡Está bien! Que se limiten a machacarle a Rugero ese dedo que siempre se mete en la nariz y que continúe investigando discretamente. Medusa ha demostrado ser muy poderosa, pero tal vez necesite que le eche una mano alguien en quien pueda confiar.

—¿Y tú crees que confiarían en nosotros?

—¿Más que en los políticos?

* * *

La masiva concentración de los recursos económicos en manos de unos pocos abre una brecha que supone una gran amenaza para los sistemas políticos y económicos, porque favorece a una minoría en detrimento de la mayoría, por lo que para luchar contra la pobreza es básico abordar el tema de la desigualdad.

Esta es la conclusión del informe *Gobernar para las élites* que ha hecho público Intermón Oxfam.

El estudio parte de datos de varias instituciones oficiales e informes internacionales que constatan la excesiva concentración de la riqueza mundial en pocas manos, sin contar que una considerable cantidad de esta riqueza está oculta en paraísos fiscales.

El informe de la organización, presentado en el Foro Económico Mundial, pretende que se adopten compromisos para frenar la desigualdad y advierte de que «las élites están secuestrando el poder político para manipular las reglas de un juego económico, que socava la democracia».

«Los inversores se han aprovechado de los rescates», afirma el informe, que va acompañado de datos que plasman con nitidez el aumento de la concentración de riqueza en pocas manos desde 1980 hasta la actualidad, o cómo la concentración y la brecha siguen aumentando pese a la gran recesión del año 2008. En Estados Unidos, el 1% más rico de la población ha concentrado el 95% del crecimiento posterior a la crisis financiera.

La tibieza en la presión fiscal a los ricos, los recortes sociales o el rescate de la banca con fondos públicos son ejemplos de un fenómeno tan visible que crece la conciencia pública del aumento de este poder. Una encuesta realizada en Brasil, India, Sudáfrica, Reino Unido, España y Estados Unidos revela que la mayor parte de la población cree que las leyes están diseñadas para favorecer a los ricos.

La crisis económica, financiera, política y social tiene buena parte de su origen en esas dinámicas perniciosas donde el interés público y los procesos democráticos han sido secuestrados por los intereses de una minoría.

Entre las políticas diseñadas en los últimos años que favorecen a la minoría de ricos, la organización enumera la desregulación y la opacidad financiera, los paraísos fiscales, la reducción de impuestos a las rentas más altas o los recortes de gasto en servicios e inversiones públicas.

El informe constata cómo, en el caso de Europa, «las tremendas presiones de los mercados financieros han impulsado drásticas medidas de austeridad que han golpeado a las clases baja y media, mientras los grandes inversores se aprovechaban de los planes de rescate públicos».

Por todo ello es necesario que se adopten compromisos en áreas como los paraísos fiscales, que se hagan públicas las inversiones en las empresas y que se respalden sistemas fiscales progresivos, que exijan a los gobiernos que los impuestos se destinen a servicios públicos o se inviertan en atención sanitaria y en educación.

Dan Parker dejó el documento sobre la mesa admitiendo que tales informes le obligaban a sentirse incómodo, sobre todo cuando, como en aquellos momentos, se encontraba rodeado de costosísimos aparatos de tecnología punta que parecían sacados de una película de ciencia ficción, así como de técnicos que se consideraban genios por el mero hecho de ser capaces de detectar desde qué punto exacto del planeta procedía una llamada telefónica en cuanto se marcaban los tres primeros dígitos del Arc-Palace.

Y como el lujoso hotel tenía clientes muy importantes que recibían infinidad de conferencias internacionales, las malditas máquinas no paraban de parpadear, escudriñar, analizar e incluso determinar la nacionalidad de quien llamaba, de qué región provenía e incluso si parecía estar mintiendo.

Los servicios de seguridad se habían gastado millones en un programa que denominaban «Penetrador de Objetivos Difíciles», basado en una tecnología cuántica que al parecer se diferenciaba de la clásica en que mientras que la normal usaba el sistema binario de unos y ceros, la nueva utilizaba bits cuánticos, que eran simultáneamente unos y ceros.

Los expertos le habían aclarado que mientras que un ordenador «del sistema antiguo» debía hacer un cálculo cada vez, uno cuántico evitaba los que no fueran imprescindibles, lo cual permitía encontrar respuestas en un abrir y cerrar de ojos.

A decir verdad, no le habían aclarado gran cosa, y lo único que sabía era que se trataba de unos trastos extremadamente sofisticados que parecían capaces de determinar incluso el número de orgasmos que había tenido la clienta de la suite presidencial.

Le constaba que alguien debía de estar espiándole de la misma o parecida forma en que él lo hacía, por lo que llegó a una dolorosa conclusión: pronto tan solo los más miserables tendrían derecho a la intimidad y a la vida privada, y a su modo de ver quien no disfrutara de intimidad y vida privada se convertía en un miserable.

Reflexionaba sobre ello, y sobre que estaba contribuyendo de forma muy directa a que la brecha de las desigualdades sociales aumentase día tras día, por lo que tal vez había llegado el momento de retirarse a criar caballos, cuando el fiel Spencer se detuvo ante su mesa y le tendió un sobre al tiempo que comentaba en un tono de manifiesta preocupación:

—Ha llegado una carta.

—¿Una carta...? ¿Quién diablos envía cartas en estos tiempos?

—Me da la impresión que alguien muy listo.

Observó el sobre con aprehensión; tenía matasellos de Londres, no llevaba remitente y estaba destinada «*A los ocupantes de la habitación 412 del hotel Arc-Palace*».

Su texto era corto pero explícito:

Estimados señores:

Entendemos su deseo de saber que nuestros mensajes son auténticos, y por lo tanto todos los que recibirán les llegarán por este medio, tal vez un poco anticuado, pero absolutamente seguro.

Las nuevas reivindicaciones son muy concretas.

Primera: Deberán dejar de espiar por el sistema cuántico o pronto no podrán espiar por ningún otro.

Segunda: Los bancos que han estafado a sus clientes con acciones preferentes devolverán el dinero con los debidos intereses y cada uno de ellos pagará una multa de quinientos millones destinados a paliar el hambre en los países del Tercer Mundo.

Tercera: Los políticos inmersos en casos de corrupción deberán ser apartados de sus cargos y sometidos a un juicio justo y rápido.

Si estas exigencias no se cumplen en el plazo de quince días probablemente la próxima ciudad en quedarse sin comunicaciones será Londres.

Atentamente: *Medusa.*

—¡Qué hijos de puta tan retorcidos...!

—Me lo estaba temiendo desde que entregaron la carta. ¿Busco huellas o rastros de ADN?

—¿Le gusta perder el tiempo? Si son tan listos habrán usado pinzas y guantes; lo que tiene que hacer es desmontar este maldito quiosco y mandar a esos genios de vuelta a casa, porque se van a quedar en el paro. ¿Quién coño puede determinar quién coño ha enviado una carta por correo normal desde cualquier buzón de cualquier barrio de cualquier ciudad del mundo?

—Quienquiera que lo hiciera ya puede estar en Singapur.

—Lo malo no es que esté en Singapur, sino que continúe en Londres. Si incomunican Londres, nos hunden.

Sabía bien de lo que hablaba, porque la City constituía la cabeza de puente de Norteamérica en Europa, y cuanto le afectara afectaba de igual modo a Nueva York, y por lo tanto al resto del país.

Dan Parker conocía la vieja leyenda que afirmaba que, en el año mil ochocientos treinta y cinco, el profesor inglés Rowland Hill almorzaba en una posada escocesa cuando vio que el cartero entregaba una carta a la dueña. Esta la examinó atentamente y la rechazó alegando: «Soy pobre y no puedo pagarle por lo que le ruego que la devuelva al remitente.» Al oírlo Hill ofreció al cartero el importe de la misiva para que la buena mujer no se quedara sin noticias de su familia. El cartero cobró y entregó la carta a la posadera, que la dejó sobre una mesa sin preocuparse de su contenido, pero al rato comentó: «Le agradezco el detalle, señor; soy pobre, pero no tanto. Dentro no hay nada escrito. Mi familia vive en Edimburgo y para saber que estamos bien nos enviamos cartas procurando que cada línea de la dirección esté escrita por una mano diferente. Si aparece la letra de todos, significa que no hay malas noticias. Así sabemos unos de otros sin que nos cueste nada.»

Fue entonces, gracias a la tradicional tacañería escocesa, cuando a Hill se le ocurrió la idea de crear el sello de prepago, que casi dos siglos más tarde seguía siendo tan extremadamente útil como entonces.

Una simple hoja de papel, un sobre y un sello de apenas dos dólares habían vencido a tecnologías de última generación.

—Por muy inteligentes que sean las máquinas que fabriquemos, siempre habrá alguien capaz de superarlas.

—¿Qué ha dicho, señor?

—¡Nada! Cosas mías; creo que ha llegado el momento de presentar mi dimisión. Estoy harto de tanto abuso de poder y tanta tomadura de pelo.

—Con todos los respetos, señor, usted es el único capaz de atrapar a esos malnacidos.

—¡No me adule, Spencer! Sabe que lo detesto, y tenga muy presente que, si me voy, le ofrecerán mi puesto.

—Eso es lo que me preocupa, señor; eso es lo que realmente me preocupa.

Observó cómo comenzaba a ordenar que «desmontaran el maldito quiosco», y no pudo por menos que admitir que le sobraba razón, puesto que a nadie le apetecería convertirse en el hazmerreír de cuantos consideraban que quien disponía de un presupuesto superior al de muchas naciones debía saber cómo desenmascarar a un puñado de terroristas de poca monta.

Aquel último y humillante «golpe bajo» de utilizar un simple cartero para eludir un dispositivo de localización que había costado millones había acabado de convencerle acerca de la necesidad de olvidarse de las nuevas tecnologías y regresar a las tradicionales argucias de los viejos «espías pre-internet», porque tan feroz e implacable guerra cibernética no se estaba librando en el espacio sideral sino a nivel de la calle.

La experiencia demostraba que por muy certeros que fueran los misiles teledirigidos, de poco servían en una lucha de guerrillas.

Cuando las grandes pantallas se oscurecieron y mientras quienes las habían utilizado comenzaban a empaquetar sus costosos instrumentos con la incrédula y amarga expresión de quien no entiende las razones por las que sus esfuerzos no son apreciados, Dan Parker llamó con un gesto a su ayudante.

—¿Contamos con alguien que sepa hacer algo más que hablar por teléfono o apretar una tecla...? —inquirió—. ¿Algún auténtico profesional de los de la vieja escuela?

—Jules Carrière.

—Pues que aproveche los ratos que Villard pasa en el bar y registre su estudio procurando no mover ni un solo papel. O yo no conozco a la gente, o ese pobre hombre, que está fascinado por la misteriosa dama que le tomó el pelo, habrá caído en la tentación de hacerle un retrato. Que lo busque y me envíe una copia sin que se entere... ¿Cree que lo conseguirá?

—Carrière siempre ha hecho muy bien su trabajo.

—Pues sorprende que siga trabajando para nosotros.

Jules Carrière era, en efecto, un auténtico profesional de la vieja escuela que siempre había hecho muy bien su trabajo, y al comprobar que el arquitecto parecía ser un hombre tan extremadamente meticuloso que no tardaría en advertir que un intruso había estado hurgando en sus papeles, decidió no tocarlos.

Le constaba que el hombre era un animal de costumbres, y pensó que si alguien llevaba toda una vida dibujando sobre el mismo tablero raro sería que lo hiciera en cualquier otro lugar.

Debido a ello, lo único que hizo fue ocultar entre unos libros una pequeña cámara de alta definición que enfocaba directamente la mesa de dibujo y que estaría grabando hora tras hora y día tras día hasta que en aquel espacio hiciera su aparición el rostro femenino que al parecer manejaba los hilos de una peligrosa organización terrorista.

Capítulo Quince

Cierto es que la unión hace la fuerza, pero cuando los que se unen son políticos corruptos, el conjunto de la sociedad no es más fuerte y a la larga se debilita. El objetivo actual de los políticos parece centrarse en conseguir que hasta el último ciudadano contraiga una deuda con el Estado, ya que de ese modo le controla, lo cual resulta más práctico que encarcelarlo. Al endeudarlo no solo le cobra intereses, sino que se evita tener que cuidarlo y alimentarlo. Si acaba siendo un mendigo, el único gasto que deberá asumir el Estado, si no decide donarlo a la ciencia, es enterrarlo en una fosa común dentro de una caja de madera contrachapada, mucho menos costosa que mantener a un preso durante tres días.

—¿Qué escribes?

—Un libro.

—¿Eres escritor?

—Lo intento, aunque con escaso éxito. En ocasiones consigo hilvanar algunas ideas, pero son como ladrillos desperdigados aquí y allá, porque carezco de talento para fabricar el cemento que habría de unirlos hasta formar un edificio.

—Pero ¿pretendes escribir un libro o una novela?

—¿Cuál es, según tu, la diferencia?

—Un conjunto de ideas sueltas puede llegar a constituir un buen libro, pero una novela sin ideas siempre será una mala novela, por mucho «cemento» que utilices.

—No sabía que entendieras de literatura.

—Y no entiendo, pero años en el hospital me enseñaron a leer y a reconocer las diferencias; sabido es que una buena imagen vale más que mil palabras, pero a mi modo de ver un buen pensamiento vale más que mil imágenes. Sobre todo cuando sabes que tu tiempo se acaba.

—¿Y si tu tiempo no se acabara...? ¿Y si fuera verdad que poseo un don que no solo consigue aplacar el dolor, sino incluso curar?

—Lo que acabas de decir es lo más cruel que he oído en años.

—No era esa mi intención.

—Lo sé, pero alimentar la esperanza de un desesperado a sabiendas de que no le quedan esperanzas resulta injusto e innecesario.

—Escúchame bien, pequeña, porque empiezo a verte como la hija que tal vez me habría gustado tener pero nunca me esforcé en tener; en estos últimos tiempos me han ocurrido tantas cosas absolutamente fuera de cualquier tipo de explicación que estoy dispuesto a creer incluso en lo impensable, y no serías el primer enfermo terminal que se le escurre de entre los dedos a la jodida muerte, porque nada está definitivamente escrito.

Ella se despojó de la peluca y la depositó con un gesto brusco sobre la mesa mientras se golpeaba la frente con el dedo:

—¡Esto está escrito! ¡Y sellado!

Él la observó casi como si la viera por primera vez e inspiró profundamente y, como si le costara un enorme esfuerzo hablar, le dijo:

—¿Te has mirado al espejo?

—Sabes que nunca lo hago.

—Pues deberías hacerlo.

—¿Por qué?

—Porque te está creciendo el pelo.

Había recibido muchos golpes en la vida, tantos que nadie se explicaba cómo había conseguido soportarlos, pero sin duda aquel era el más inesperado que le habían propinado nunca, por lo que se quedó sin aliento y a punto estuvo de caerse de la silla.

Al poco se pasó la mano por la cabeza palpando las minúsculas raíces que ensombrecían apenas su antaño reluciente calva y por último emitió un ronco sollozo:

—¡No es posible!

—Lo estoy viendo.

—¡Dios te bendiga!

—Empiezo a creer que lo ha hecho. No me explico por qué razón decidió escoger a alguien tan irrelevante como yo, pero no puedo seguir cerrando los ojos a la realidad; no tengo ni puñetera idea de lo que soy, lo que hago, lo que seré o lo que puedo llegar a hacer, pero aquí estoy.

Allí estaban ambos, solos desde que tres días atrás Claudia comentó que tenía que acercarse a Londres con el fin de «echar unas cartas al correo», y la mayor parte del tiempo lo habían dedicado a hablar, leer, limpiar, pintar fachadas, cocinar y comer hasta reventar.

Cristina incluso había insistido en enseñarle a nadar, pero desde el primer momento resultó evidente que constituía un empeño condenado al fracaso, puesto que más que un ser de carne y hueso, su alumno semejaba un soldado de plomo que en cuanto se introducía en el agua se iba al fondo, y tan solo conseguía emerger trepando desesperadamente por la vieja escalera o aferrándose como un poseso a una de las barcas.

Cuando surgía abriendo la boca como si ya no quedara aire en el mundo, lanzaba bufidos con los ojos dilatados por el espanto, y al verlo, los patos lo increpaban aleteando a su alrededor como echándole en cara su falta de pericia, puesto que se comportaba en el agua con mucha menos gracia que ellos en tierra.

A la muchacha se le antojaba inaudito que alguien tan culto y civilizado no hubiera aprendido a nadar, y la respuesta la dejó ciertamente perpleja.

—Uno de los hombres más cultos y civilizados que conozco tampoco ha aprendido a nadar.

—¿Quién?

—El Dalái-Lama.

—¿Cómo lo sabes?

—¡A ver quién le iba a enseñar en pleno Himalaya...!

—Pero luego ha viajado mucho.

—Casi siempre en avión.

Les encantaba mantener ese tipo de conversaciones que a menudo rozaban el absurdo, ya que sus vidas eran ciertamente absurdas y vivían en unos tiempos en los que el absurdo se había instalado a sus anchas en un mundo que parecía abocado a acabar desquiciado.

En algunos países existían ya más móviles que personas, y algunas los consultaban cada tres minutos como si esperaran encontrar en ellos respuesta a sus ansiedades, protección a sus miedos o compañía a su soledad.

Se aislaban del resto del mundo con los ojos clavados en la pequeña pantalla y los dedos en el minúsculo teclado, y una vez aislados cometían el error de intentar escapar de su aislamiento recurriendo al móvil y cayendo una y otra vez en la misma trampa.

Y si perdían el dichoso móvil, perdían parte de su identidad, puesto que en él guardaban claves de cuentas bancarias, documentos, recuerdos e incluso fotos íntimas, con lo que esa parte de su identidad pasaba a pertenecer a delincuentes que sabían cómo sacar partido de tan valioso material.

Antiguamente hábiles y osados ladrones podían entrar en una casa, forzar una caja fuerte y apoderarse de información de gran valor, pero en la actualidad millones de inconscientes se paseaban con dicha información en el bolsillo, al alcance de cualquier habilidoso carterista.

Cuanto mejores eran sus móviles, más comprimían sus vidas y más facilidades daban a quienes procuraban arrebatárselos. Era como salir a la calle con el alma y la memoria en la mano.

Luego, siempre tarde, llegaban las lamentaciones y los llantos.

Cristina no utilizaba teléfono móvil y su explicación a tan inusual comportamiento resultó harto comprensible:

—No tengo a quien llamar.

—¿Amigos?

—¿Y qué les iba a decir...? «Hola, cielo, mi hermana murió el mes pasado y ya me encuentro en la recta final.» En esta situación, lo que tienes que hacer es alejarte de los amigos para evitar que sufran o que te compadezcan.

Si hay algo peor que la muerte es que te miren como a una moribunda.

—No te comportaste así el primer día.

—Porque entonces no eras mi amigo, tan solo un señor que mentía.

—¡Bicho raro!

—¡Pues anda que tú...!

Tan peculiar forma de hablar y comportarse cambió a partir del momento en que advirtieron que había comenzado a crecerle el cabello, como sin tan remota esperanza de vida constituyera un punto de inflexión entre el pasado, el presente y el futuro.

—Tal vez sea la luz al final del túnel.

—O tal vez el foco del tren que se me viene encima, pero si es así, mejor que llegue cuanto antes.

—Te propongo un trato; si a partir de ahora hablas y te comportas como si fueras a vivir setenta años, algún día te contaré quién soy y por qué estoy aquí.

—¿Cuándo...?

—¡Algún día...!

—Esa respuesta no me vale; puedo estar esperando medio siglo. Fija una fecha.

—Dentro de un mes.

* * *

Gaston Villard trabajó como de costumbre, salió de casa a la hora de costumbre, se encamino al bar de costumbre, tomó asiento en el taburete de costumbre, y el dueño del local le colocó delante la copa de coñac de costumbre, pero en este caso añadiendo una carta con matasellos de Londres.

—Acaba de llegar para ti y no trae remitente.

Le sorprendió que dentro del sobre hubiera dos billetes de quinientos euros y una escueta nota:

Lamento mi forma de comportarme.
Te ruego que aceptes mis disculpas y que me permitas compensarte los gastos.
Un beso y gracias.

Sara

—¡Maldita sea!

—¿Malas noticias?

—No estoy seguro.

—Mil euros de un donante anónimo nunca pueden ser malas noticias. ¡Ojala me dieran ese tipo de malas noticias a diario!

—Tú no lo entiendes.

—Ni falta que hace. Si no los quieres, aquí estoy para librarte de ellos. ¡Menudo fin de semana iba a pasar!

—¿Con Monique? Esa chupasangre acabará arruinándote.

—No es precisamente la sangre lo que chupa, y prefiero que me arruine una mujer que el fisco. Por cierto, ándate con ojo, porque la policía ha venido preguntando por una morena muy elegante, vestida de blanco y con sombrero azul, que hace dos semanas pasó un par de horas charlando contigo en aquella mesa.

—¿Y qué les has dicho?

—Que creía recordar que era una morena muy elegante, vestida de blanco y con sombrero azul; es decir, una clienta «no habitual» de las que suelen complicarles la vida a mis clientes habituales, porque o son fulanas de lujo o esposas insatisfechas en busca de un «aquí te pillo aquí te mato».

—Pues te agradecería que no añadieras nada más.

—No podría hacerlo aunque quisiera, pero desde aquí veo todo lo que ocurre en la calle, y no se por qué sospecho que te vigilan. Podría resultar que tu amiguita fuera otra de las amantes del presidente.

—¡Qué tontería...!

—¿Tontería? Por lo visto Hollande, tan poca cosa él, las colecciona como si fueran cromos.

Gaston Villard chasqueó la lengua evidenciando su desacuerdo, se guardó el dinero, paladeó su excelente coñac de costumbre, pidió otra copa como de costumbre, y como casi de costumbre regresó sin prisas a su casa.

Tomó asiento en su mesa de trabajo de costumbre y comenzó a dibujar de memoria un perfil de mujer poniendo en ello todo el empeño que tenía por costumbre.

Luego fue al baño, pero al regresar, y contra su costumbre, no rompió el retrato, sino que le prendió fuego dejando caer las cenizas en la papelera.

No obstante, y pese a semejante precaución, a los pocos minutos Dan Parker podía contemplar en la pantalla de su ordenador las nítidas imágenes captadas por la cámara instalada por el eficiente Jules Carrière.

—¿Qué le parece, Spencer?

—Que se trata de un mujer extraordinariamente atractiva, señor. No me extraña que Villard quisiera tirársela en el Arc-Palace, por mucho que costase.

—¿Usted también lo habría hecho?

—Estoy casado.

—Razón de más, querido amigo, razón de más. Pero

no es momento de discutir hasta dónde llega su fidelidad, sino de intentar solucionar el mayor problema al que nos hayamos enfrentado. Quiero que todas las policías amigas comparen este retrato con cuanto tengan en sus archivos. Que lo cotejen con documentos de identidad, pasaportes, hemerotecas y cuanto haga falta, pero que den con la dichosa «Sara» aunque se esconda bajo las piedras.

Hora y media más tarde, el subsecretario, de impoluto traje azul oscuro, impoluta camisa blanca e impoluta corbata a rayas, hizo entrega a su compañero de carrera, que ahora ejercía más como ministro que como compañero de carrera, la habitual carpeta de piel negra al tiempo que comentaba en un tono que pretendía ser comedido y respetuoso pero sonaba a falso:

—Dan Parker ha enviado este retrato suplicando que intentemos averiguar de quién se trata.

El ministro, que se sentía mucho más seguro en su puesto desde que el problema de las comunicaciones se había internacionalizado, abrió sin prisas la carpeta y observó con atención el cuidado dibujo de una mujer de unos cuarenta años y sorprendente belleza.

—¡Vaya por Dios! ¿O sea que, según Parker, esta es «Sara»?

—Eso ha dicho.

—¿Y tú qué opinas?

—Que sin duda lo es.

—Evidentemente.

Levantó el teléfono, ordenó que le pusieran de inmediato con Dan Parker, que al parecer se encontraba en su oficina de París, y en cuanto lo tuvo al otro lado de la línea inquirió:

—Buenas tardes, Parker. ¿Seguro que esta es la mujer que busca?

—Seguro.

—¡Vaya por Dios! Pues ahora sí que tenemos un grave problema.

—¿Por qué? ¿La conoce?

—Personalmente, no.

—¿Pero sabe quién es?

—¡Desde luego! Se trata de la mismísima Sara.

—¿Qué Sara?

—Sara Montiel, la actriz más famosa del cine español.

—¿Quiere hacerme creer que se trata de una persona conocida?

—¡Y mucho! Un mito nacional que por desgracia falleció hace unos años.

—¿Se está burlando de mí?

—Si alguien se burla de usted, no soy yo, Parker, de eso puede estar seguro. Sara Montiel ha sido una de las mujeres más hermosas que ha dado España, aunque este retrato corresponde a una de las películas de sus últimos tiempos como actriz. Desde luego, ya no era la deslumbrante protagonista de *La Violetera*, pero aún conservaba un atractivo irresistible. ¡Me encantaba!

Dan Parker colgó, soltó el peor exabrupto que le vino a la boca, marcó un número, y cuando le respondieron, comentó casi rechinando los dientes.

—Esa ha sido una sucia jugarreta.

—Sucia jugarreta ha sido colocar una cámara en mi estudio. ¿Con quién cree que está tratando?

—Sabe que puedo obligarle a hacer ese retrato.

—Antes le pego un puñetazo a un muro y me destrozo la mano. Acepte la realidad, Parker; este caso le supera. En realidad nos supera a todos, puesto que no se basa en nada, ni racional, ni científico.

—¿Y por eso vamos a permitir que se salgan con la suya?

—«La suya» empieza a ser la de muchos, Parker. Incluida la de usted mismo.

El cada vez más furibundo Dan Parker dejó sobre la mesa su sofisticado teléfono móvil de última generación, uno de los pocos encriptados de tal forma que supuestamente nadie conseguiría espiar, y lo observó como si se tratara de una alimaña que en cualquier momento podría saltarle a la cara con el fin de inocularle en un ojo una mortal ponzoña.

Aquel maldito y testarudo arquitecto tenía razón: el caso le superaba, ya que no se basaba en nada racional ni científico y él había sido elegido para un puesto de tan alta responsabilidad debido a que poseía una mente profundamente analítica, y a que en teoría sabía utilizar también los recursos de la ciencia.

¡En teoría!

La realidad demostraba que cometía un error tras otro y le preocupaba imaginar que tal vez de modo inconsciente los cometía a propósito.

Toda su vida, desde el lejano día en que ingresó en el ejército y allí descubrieron «sus magníficas actitudes para cierto tipo de operaciones especiales», había trabajado en beneficio de su país, pero con el paso de los años había empezado a plantearse que en realidad había trabajado en beneficio de unos pocos, que además no siempre eran norteamericanos.

Muchos de los muertos sí que lo eran, pero los muertos en poco o nada se beneficiaban de lo que hacía.

Pasó revista a la interminable lista de «operaciones especiales» en las que había tomado parte o que había autorizado, incluidas algunas guerras y revoluciones que dejaron tras de sí un amargo reguero de cadáveres, y le dolió llegar una vez más a una amarga conclusión: los decorados y los actores cambiaban, pero la función y los empresarios que cobraban en taquilla seguían siendo los mismos.

Capítulo Dieciséis

Pese a lo que asegurara el ofendido Dante Sforza, Sidney Milius no era un bastardo, pero sí que se había convertido casi en un paranoico, ya que vivía eternamente atemorizado por cuantos pedían su cabeza, y motivos le sobraban, puesto que sin empuñar un arma ni mandar asesinar a nadie había causado más daño que la mayoría de los grandes criminales de la historia.

Tanto él como un enorme y seboso alemán afincado en Nueva Zelanda se habían hecho inmensamente ricos a base de despojar de sus derechos a músicos, cantantes, escritores, dramaturgos, guionistas, productores de cine y todo tipo de creadores, burlando las leyes y aprovechándose de la inmoralidad de millones de internautas que consideraban que, si les ofrecía algo gratis o a bajo coste, debían cogerlo aun sabiendo que era robado.

Sidney Milius había descubierto siendo muy joven que los seres humanos eran depredadores por naturaleza, y que quien les proporcionara la oportunidad de saquear sin riesgos siempre contaría con su complicidad.

Ese tempranero hallazgo le había proporcionado ingentes beneficios, sobre todo debido a que poseía la astucia necesaria para hacer creer a los internautas que lo que estaban haciendo no era ilegal. Y nada resultaba más sencillo que acallar la conciencia de quienes no deseaban escucharla.

Empleaba casi un veinte por ciento de lo mucho que ingresaba en mantener a un ejército de «consejeros legales» expertos en cometer toda clase de ilegalidades, con lo que había conseguido que sus empresas apenas pagaran impuestos en casi ningún país, pese a que esquilmaban de una forma u otra a casi todos.

Su portentoso yate, el *Milius@.com*, estaba abanderado en Liberia, sus testaferros habían conseguido años atrás que el gobierno de un corrupto presidente lo nombrara «embajador itinerante», y pese a que dicho gobierno había caído y el susodicho presidente se encontraba encarcelado, el absurdo nombramiento aún no había sido revocado.

Una vez más el dinero conseguía milagros que despertaban la envidia de los santos milagreros, y gracias a ello el *Milius@.com* estaba considerado una especie de «tierra de nadie», pese a que la única tierra que se encontraba a bordo fuera la de los parterres de una veintena de rosales.

Su estatus jurídico llegaba a ser tan enrevesado, complejo, farragoso y casi sin sentido, que acababa por provocar ansiedad a cualquiera que pretendía desentrañar el significado de algunos de los párrafos, por lo que las autoridades acababan por adoptar la sabia actitud de los hermanos Marx al enfrentarse a aquel famoso documento en el que «la parte contratante de la primera parte es igual a la parte contratante de la tercera parte, que a su vez es igual a la parte contratante...».

De ese modo, por medio de unas redes legales casi tan complejas como la tupida maraña de argucias de sus redes sociales, podía vivir tranquilo en un barco atracado en el puerto de Montecarlo, rodeado de yates casi tan lujosos como el suyo, algunos de los cuales pertenecían a multimillonarios que incluso habían hecho su fortuna honradamente.

A ese pequeño grupo de «ricos decentes» les molestaba tener por vecino a un individuo tan indeseable, mientras que el resto agradecía la constante presencia de una veintena de malcarados «guardias de seguridad» que mantenían alejados a inoportunos visitantes.

La vida de Sidney Milius, que rara vez ponía los pies fuera de su barco, había sido por lo tanto relativamente plácida y paradisíaca, hasta el día en que un absurdo «Manifiesto», que para más inri estaba firmado por alguien que estúpidamente se hacía llamar «Medusa», había obligado a los aterrorizados gobiernos a romper las reglas establecidas, cerrando de la noche a la mañana los generosos grifos que le permitían bañarse en oro.

Le invadían la ira, la frustración y la impotencia.

Ni la «legalidad» a la que intentó echar mano su pléyade de abogados, ni la presunta ilegalidad de un mafioso tan implacable y reputado como Dante Sforza le habían abierto un camino que le permitiera retornar a los gloriosos tiempos en los que cada noche se sentaba a la mesa de su despacho con el fin de analizar el espectacular aumento de sus ganancias en lo que constituía una ceremonia casi religiosa.

De sumar millones a favor había pasado en poco tiempo a sumar millones en contra, porque cuantos trabajaban para él exigían continuar cobrando, y si no los mantenía en nómina su intrincado entramado se vendría abajo, en cuyo caso quedaría a merced de cuantos aguardaban el dulce momento de la venganza.

Uno de los principales problemas que presentaba el hecho de tratar con corruptos era que dejaban de serlo en cuanto se dejaba de corromperlos, por lo que el día que no recibían un sobre repleto de billetes dejaban a su benefactor con el culo al aire.

Días atrás los medios de comunicación habían insinuado, con un corrosivo y malintencionado sentido del humor, que al parecer las policías de medio mundo habían estado buscando a una actriz española ya fallecida, a la que al parecer habían confundido con la cabecilla del grupo Medusa.

Tamaña metedura de pata venía a demostrar que las policías de medio mundo, y sin duda las del otro medio, no tenían ni la menor idea de a quién andaban buscando.

Esa noticia relacionada directamente con el cine fue lo que al parecer incitó a un cinéfilo tan apasionado como Sidney Milius a tomar una repentina y rocambolesca decisión inspirada en una película interpretada por Glenn Ford, y cuyo *remake*, interpretado por Mel Gibson, le había impactado tiempo atrás.

En ella, un rico empresario al que le habían raptado un hijo decidía no aceptar las exigencias de su secuestrador, ofreciendo a cambio una gran suma a quien se lo entregase vivo o muerto.

Para Sidney Milius, su «red» era mucho más valiosa que cualquier hijo, sobre todo porque no los tenía, debido a lo cual, y sin detenerse a meditar en las posibles consecuencias de sus actos, decidió imitar tanto a Glenn Ford como a Mel Gibson, proclamando a los cuatro vientos que aquel que le ofreciera una pista fiable sobre el grupo terrorista Medusa obtendría como recompensa doscientos millones de dólares «libres de impuestos».

Lo hizo sin consultar ni con la almohada, y los primeros que se echaron las manos a la cabeza fueron sus asesores, que no dudaron en advertirle que tamaña locura le acarrearía nefastas consecuencias.

—Lo último que debe hacer alguien en su situación es atraer la atención. Ahora todos los gobiernos lo tendrán en el punto de mira, porque al desafiar a quienes ostentan tanto poder les pone en peligro.

—¿Y qué pueden importarme a mí esos gobiernos cuando lo estoy perdiendo todo? Si yo caigo caerán conmigo, porque está claro que pese a disponer de tantos medios no han sabido proteger a sus ciudadanos.

En efecto: estaba claro que en este, como en infinidad de otros casos, los gobiernos no habían sabido proteger a sus ciudadanos, pese a lo cual un portavoz del Gabinete de Crisis reunido en Bruselas se apresuró a declarar que no aprobaban la forma de actuar del señor Milius, instándole a que retirase cuanto antes su absurda, inoportuna y teatral oferta.

Su respuesta fue digna de su carácter:

—No es teatral, sino cinematográfica.

El comentario de Dan Parker fue igualmente escueto:

—Que le peguen un tiro.

—Miles de candidatos estarían encantados de pegarle un tiro a ese malnacido, señor, pero atacar su yate en Montecarlo nos acarrearía problemas logísticos y diplomáticos.

—Para eso entrenamos a las Fuerzas Especiales.

—Como usted mismo ha dicho, son «Fuerzas Especiales», y como también usted mismo ha dicho en varias ocasiones, aquí no se trata de fuerza, sino de inteligencia.

—Pues en ese caso estamos perdidos.

—No hay que desesperar. Deberíamos rogar a las autoridades monegascas que obliguen a ese maldito barco a abandonar sus aguas e instar a los países vecinos a que no le permitan adentrarse en las suyas. De ese modo, en cuanto se encontrase en alta mar lo tendríamos neutralizado.

—Inicie los trámites.

—Llevará algún tiempo, porque si las autoridades monegascas actuasen con demasiada prisa darían una penosa sensación de miedo a las posibles represalias de Medusa.

—Pues no deberían sentir miedo, sino pánico, pero allá ellos. Usted limítese a cursar la petición, porque yo en este caso me lavo las manos.

El siempre eficiente Spencer abandonó el despacho a toda prisa, dejando a su superior sumido en la confusión y el desaliento.

A sus innumerables problemas se unía ahora la necesidad de frenar a un descerebrado al que no se le había ocurrido otra idea mejor que provocar a quienes los tenían agarrado por el cuello, ofreciendo las migajas del pastel a alguien que estaba en disposición de zampárselo entero.

—¡Cretino, cretino, cretino...! Eres un pedazo de cretino.

Observó por enésima vez el retrato que al parecer correspondía a una actriz española ya desaparecida, y añadió sin el menor reparo:

—Y que conste que te lo dice quien ha demostrado ser un auténtico cretino.

Sentía flojera. No furia o indignación; tan solo la invencible flojedad de quien tras mucho pelear deja caer los brazos aceptando una inapelable derrota.

* * *

—¿Dónde está Cristina...?

—En la clínica.

—¿Ha empeorado?

—Ha mejorado, le está creciendo el pelo y ha ido a que le hagan unos análisis.

Claudia permaneció muy quieta, observando a su marido con el gesto de incredulidad que ya empezaba a ser habitual en ella puesto que cada vez que se reencontraban conseguía sorprenderla.

—¿Por qué no la has acompañado?

—Porque no podrían haberle hecho los análisis. Ni a ella, ni a nadie más. ¡Menudo desmadre se habría organizado si aparezco por allí!

—Cierto; esto empieza a ser tan confuso que a veces no sé ni dónde tengo la cabeza. ¿Conseguirás que se cure?

—¿Y qué quieres que te diga? Si tú, que lo ves desde fuera, estás confusa, trata de imaginar cómo me siento yo cuando me despierto sin ni siquiera estar seguro de quién soy. La casa ha vuelto a llenarse de esa especie de seres impalpables que al parecer esperan algo de mí, aunque no sé qué coño esperan. Intento mantener la calma, pero en ocasiones la tensión resulta tan insoportable que temo que el cerebro se me convierta en gelatina.

—No puedes venirte abajo: ya son muchos los que empiezan a creer que el futuro es menos amenazador de lo que temían. Y con eso me basta.

—Me alegro por ti. Y por ellos, pero debes entender que, por mi parte, cada día vea con mayor pesimismo mi futuro, porque la locura es siempre la peor de las opciones.

—No deberías confundir la locura con lo inexplicable. Si a nuestros bisabuelos los hubieran sentado ante un televisor a observar cómo despegaba un cohete rumbo a la Luna, habrían imaginado que se habían vuelto locos, porque se habrían enfrentado a algo que no conseguían entender. Tal vez dentro de un siglo lo que te está ocurriendo sea considerado algo normal.

—«A burro muerto, la cebada al rabo.» Lo que quiero es ser normal ahora, aunque debo admitir que se te da bien eso de consolar.

—No será por cuestión de práctica. Que yo recuerde nunca he tenido que consolar a nadie.

—Supongo que a tu madre cuando murió tu padre.

—¿Bromeas...? Tuve que pedirle que dejara de bailar, porque el muy cerdo nos había abandonado al nacer yo.

—Eso no me lo habías contado.

—Sería por vergüenza. Supongo que un niño puede sentirse culpable por el abandono de sus padres al imaginar que el lazo de sangre no fue lo suficientemente fuerte para retenerle.

—Nunca lo había pensado.

—Pues sospecho que muy pronto tendrás que empezar a pensarlo.

—¿Qué has querido decir con eso?

—Imagínatelo.

—¡No jodas!

—Haberlo dicho antes.

Aquella era una inesperada y maravillosa noticia que

pareció tener la virtud de alejar a los incómodos intrusos que habían invadido la casa.

Siempre habían sido demasiado individualistas, por no decir egoístas, inmersos cada uno de ellos en sus propios mundos, dados a compartir cama, casa, coche y conocimientos, pero no unos hijos que los encadenarían para siempre.

A su modo de entender, los hijos eran como los eslabones de una cadena; algunos resultaban ser de oro y se lucían con orgullo, pero otros eran de plomo y dificultaban la convivencia. No obstante, ahora, cuando en verdad se sentían felizmente encadenados el uno al otro, un nuevo eslabón de esa cadena parecía pretender reforzarla.

Se abrazaron y se besaron en el colmo de la dicha, pese a que ambos entendían que en aquellos momentos un hijo complicaría mucho las cosas.

Un cincuentón que no podía exponerse en público sin provocar una pequeña catástrofe y una cuarentona embarazada no parecían ser la pareja ideal para intentar conducir a la humanidad por senderos más justos.

—Creo que ha llegado el momento de regresar a casa. Ser primeriza a tu edad...

—¿Qué coño pasa con mi edad?

—Tu edad es ideal para ser la esposa, la amante o la compañera perfecta de un hombre como yo, pero embarazada necesitas un poco más de reposo y tranquilidad que otra mujer que ya haya tenido hijos. Quizá sea nuestra última oportunidad y debemos cuidarla.

—¿Realmente te hace ilusión?

—Mucha, y te juro que hasta que llegue el niño todo lo demás carece de importancia. El mundo no va a ser mejor ni peor dentro de nueve meses.

—Tal vez sí o tal vez no, pero hay algo que tenemos la obligación de hacer antes de retirarnos, tanto sea de forma definitiva como temporal.

Extrajo del bolso un periódico y golpeó con el dedo la fotografía de un desafiante Sidney Milius que miraba a la cámara con gesto retador desde la cubierta de su fabuloso yate:

—Este pretencioso impresentable se ha atrevido a poner en duda nuestra integridad, por lo que si ahora desapareciéramos todos creerían que hemos aceptado su oferta y cuanto hemos conseguido hasta el momento se vendría abajo. No podemos defraudar a quienes empiezan a tener esperanzas.

—¿Y qué pretendes...?

—Demostrarle a él, y a todos, que vamos en serio. Hasta el momento tan solo hemos perjudicado a gente común y corriente, por lo que ha llegado el momento de dejar claro que o las cosas cambian, o cambiarán las cosas.

—Estas parafraseando al *Gatopardo*.

—¡En absoluto! El *Gatopardo* afirmaba que las cosas tienen que cambiar para que todo siga igual, y yo quiero que cambien para que nada siga igual. Los realmente poderosos, aquellos que todavía creen que el problema no les afecta de forma directa, deben empezar a entender que serán los más perjudicados.

—¿Y cómo piensas conseguirlo?

—Dando un paseo a lo más profundo de la cueva, no la de Alí Babá, sino la de los cuarenta mil ladrones.

Fue un largo paseo para el que se vieron obligados a reenganchar la vieja caravana y, tras abastecerla con lo mucho y bueno que abundaba en la bodega, partieron a primera hora de la mañana.

Ella conducía sin prisas, él leía tumbado en la cama, y pronto alcanzaron la autopista. A mediodía se desviaron a través de un serpenteante sendero que les condujo a la cima de un altozano desde el que se distinguía el Mediterráneo, y mientras almorzaban a la sombra de los pinos, Claudia acabó de exponer su sencillo plan que nada tenía en común con la astuta «logística digna del desembarco de Normandía», puntualizando que en la zona que pretendía «ensombrecer» residían más de cuarenta mil ladrones, dictadores, defraudadores, políticos corruptos y banqueros sin escrúpulos.

Admitía que allí también residían personas decentes, pero puntualizó que no se proponía matarlos, quemar sus casas, hundir sus yates o causarles un daño irreparable, sino tan solo obligarles a reconocer que por el mero hecho de codearse con tanto indeseable se arriesgaban a sufrir nefastas consecuencias.

En su opinión, quienes aceptaban tener por vecinos a tiranos, mafiosos o jeques árabes que llenaban sus casas de prostitutas mientras en sus países mandaban lapidar a las mujeres ante la simple presunción de adulterio, no tenían derecho a lamentarse cuando la mierda que cubría a sus vecinos los salpicara. Y tampoco tenían derecho a lamentarse los putrefactos y canallescos gobiernos que permitían —e incluso propiciaban— que semejante escoria instalase sus gordos y hediondos traseros en su territorio.

La basura debía acabar entre basura, no entre palacios.

—Si algunos países tuvieran más dignidad y no aceptaran lamerle el culo a tanto sinvergüenza, se delinquiría menos. Hace seis o siete años, Aldo vio a un hijo de Gadafi perder casi once millones de euros en el casino de Cannes. Disponía de una tarjeta de crédito «absolutamente ilimitada», y quienes admiten y comparten tanta inmoralidad no tienen derecho a quejarse si les recordamos cuáles son sus obligaciones.

—Mi pregunta es la de siempre: ¿quiénes somos para decidir lo que es moral o inmoral?

—Somos la gente.

Aquella podía ser una respuesta inconcreta, pero era sin duda la que habría dado la inmensa mayoría de unos seres humanos que padecían el abuso de una minoría que se mostraba abiertamente inhumana.

Los bancos españoles acababan de reconocer con absoluta desfachatez que habían ganado casi ocho mil millones de euros —el doble que el año anterior— en unos momentos en que la tasa de paro alcanzaba el veinticinco por ciento y la de suicidios llegaba a cotas inimaginables.

Al mismo tiempo, un informe de la Comisión Europea puntualizaba que en España uno de cada cuatro euros destinados a contrataciones públicas se dedicaba a sobornos, con lo que su economía perdía cada año cincuenta mil millones de euros en prácticas ilegales. Tales cifras ponían de relieve que se había convertido en el país más corrupto del continente y en el que menos se castigaba a los culpables.

Y muchos de los deleznables personajes que lo habían propiciado no se cortaban al alardear de poseer mansiones en La Riviera, «a las que solían acudir a relajarse tras disfrutar de una excitante cacería en África».

Parecía lógico, por tanto, que alguien les recriminara tan vergonzoso comportamiento, y como parecían ser los únicos de estar en condiciones de hacerlo, habría sido una cobardía no intentarlo.

Llegaron a Saint Antoine a la caída de la tarde, aparcaron a la vista de los muros del estadio del Mónaco, lo cual quería decir que se encontraban ya a menos de quinientos metros de la frontera, y cogidos del brazo como una sencilla pareja de turistas embobados por el portentoso modus vivendi de las clases extremadamente pudientes, iniciaron el paseo más importante de sus vidas, recorriendo sin prisas los dos kilómetros escasos que los separaban del puerto de Montecarlo, en el que, entre cientos de gigantescos yates, se encontraba atracado el fabuloso *Milius@.com*.

Fue una noche memorable.

Capítulo Diecisiete

—¿Ha habido víctimas?

—Mortales, no, pero los hospitales no dan abasto a causa de tanto ataque de histeria, vómitos y diarreas.

—¿Alguna pista?

—¿De qué?

—¿Y yo qué sé, Spencer? ¿Nadie vio nada raro?

—Todo el mundo vio cosas raras, porque la gente salía bufando y maldiciendo de sus casas y docenas de yates tendrán que ser remolcados a los astilleros con el fin de que los rehagan de proa a popa, porque funcionaban con instrumental de última tecnología.

—¡Menuda ruina...!

—¡Y que lo diga! En menos de ocho horas el valor de las propiedades en la Costa Azul se ha desmoronado, porque a nadie le apetecerá vivir en un lugar en el que no dispondrá de televisión, teléfono móvil o internet.

—Ciertamente, el lujo deja de ser lujo cuando se vuelve incómodo.

—¿Convoco al Gabinete de Crisis?

—Mejor a un exorcista.

—¿Habla serio?

—¡Y tan en serio! Me negaba a recurrir a ellos, pero está claro que necesitamos exorcistas, brujas, chamanes, hechiceros, médiums, magos, zahoríes o cualquier condenado hijo de perra que tenga la menor idea de cómo combatir a esos hijos de perra que nos están tomando el pelo.

—Buscaré en la guía telefónica.

—Busque donde quiera, pero busque. ¿Dónde anda el cabrón de Sidney Milius? Sabía que iba a complicarnos la vida.

—Ha desaparecido.

—Que lo encuentren.

—¿Cómo?

—¿Y yo qué sé...?

—Ahora no contamos con medios electrónicos para hacerlo, pero tal vez los perros policías sean capaces de seguirle la pista.

—Utilice perros policías, rastreadores comanches o pisteros africanos, pero encuéntrelo, porque si conseguimos que lo encierren, tal vez las aguas vuelvan a su cauce y ese maldito virus desaparezca.

—Perdone que insista, señor, pero creo que eso ya nadie lo conseguirá. A mi modo de ver, cuando el virus Detroit se dispara ni la mismísima Medusa lo detiene.

Ya a solas, Dan Parker extrajo de un cajón el informe donde se afirmaba que el uno por ciento de sus conciudadanos se había aprovechado de casi el cien por ciento de los ingentes beneficios de la última gran crisis, y tras reflexionar un largo rato, abrió el ordenador para conectarse por videoconferencia con aquel a quien prefería no tener que llamar nunca.

En cuanto apareció en la pantalla fue directamente al grano:

—Siento tener que molestarle, señor, pero tras el desastre de la Costa Azul creo que ha llegado el momento de rogarle que me sustituya.

—¿Cómo puede pedirme eso, Parker? ¿Se da cuenta de los quebraderos de cabeza que me acarreará?

—Me doy cuenta, señor, pero me he cansado de un juego que no tiene ni pies ni cabeza y en el que estoy condenado a perder.

—Siempre le he considerado el mejor.

—Dada la situación, ser el mejor no basta, y ya no tengo fe en mi trabajo porque cuando me eligió le juré defender los intereses de la nación, y la nación no es solo Wall Street.

—Esa es una afirmación muy dura.

—La verdad es dura, señor, y si no la dijera faltaría a la confianza que depositó en mí. Usted sabe mejor que nadie, porque lo sufre a diario, que esa gente de Wall Street manipula la democracia y que su avaricia no conoce límite. He hecho muchas cosas de las que me arrepiento y tengo bastante sangre sobre mi conciencia, pero ahora no se trata de unos cuantos cadáveres; se trata de librar a millones de personas de un sufrimiento que en ocasiones es peor que la muerte.

Se hizo un largo silencio que decidió respetar sabiendo que quien le observaba desde el otro lado de la pantalla se enfrentaba a un problema al que no deseaba enfrentarse, y por lo tanto se limitó a aguardar una pregunta que en verdad esperaba:

—¿Qué me aconseja?

—Nombrar a alguien más capacitado.

—No lo hay, y sabe muy bien que no me refiero a esa clase de consejo... ¿Qué me aconseja?

—Admitir que algunas de las reclamaciones de ese dichoso manifiesto son justas y que existen límites que nunca deberían haberse sobrepasado.

—Eso es tanto como aceptar una derrota.

—No sería nuestra derrota, señor. Ser los primeros en reconocer que lo que es justo es justo no sería una muestra de debilidad, sino de grandeza.

—No me venga con rimbombantes patrioterismos, Parker. ¡Me despellejarán vivo!

—Su obligación es permitir que lo despellejen si con ello evita que despellejen a millones de sus conciudadanos. Para eso lo votaron. Y tenga algo muy presente: si no le proponemos una especie de armisticio sin agresiones mutuas, corremos el peligro de provocar un desastre. Somos un gran país capaz de adaptarse a nuevas reglas de juego, pero no lo suficientemente grande para renacer de una debacle.

—¿Tan mal lo ve?

—Mucho. Esa gente posee un poder absoluto que aún no sabe controlar, por lo que si pactáramos con ellos retrocederíamos veinte años, pero si no pactamos tal vez retrocedamos doscientos.

—¿Y qué haremos con nuestra industria armamentista?

—Reconvertirla.

—¿En qué?

—No soy quién para decirlo, pero si durante la Segunda Guerra Mundial fuimos capaces de transformar nuestras fábricas de coches y tractores en fábricas de tanques y cañones, durante la paz deberíamos saber hacer lo mismo pero al revés.

—Empiezo a creer que ha desperdiciado su talento, Parker. Habría sido usted un retorcido político de lo más demagogo.

—Demasiada competencia.

—En ese caso, un predicador televisivo de los que arrastran a las masas.

—No soy religioso, por lo tanto opino que únicamente aquellos que no creen en ningún tipo de dios podrán arreglar un mundo cuyo principal problema estriba en que demasiada gente ha creído en demasiados dioses.

—En ese caso, y como soy religioso, resulta evidente que no seré yo quien arregle el mundo, pero se hará lo que se pueda. Por cierto, ¿qué ha sido del estúpido que provocó este lío desafiando a los terroristas?

—¿Sidney Milius...? Ha desaparecido.

—¿Cómo que ha desaparecido?

—Es un tipo muy escurridizo y, al comprender la magnitud del desastre que ha provocado, se ha esfumado.

—Pues lo siento por usted, Parker, pero eso me proporciona una magnífica excusa para no plantearme su sustitución. Cuando lo encuentre vuelva a pedírmelo.

—¡Pero señor...!

—¡No hay peros que valgan...!

* * *

Durante los primeros minutos de su peculiar «paseo» no pudieron evitar sentirse incómodos y con una casi insoportable sensación de acidez —o tal vez miedo— en la boca del estómago al saberse culpables del apocalipsis social, y sobre todo económico, que estaban desencadenando a su paso.

Su abatido estado de ánimo fue a peor hasta que se detuvieron ante un lujoso escaparate en el que entre otra veintena de modelos de alta gama destacaban un espectacular *Greubel Forsey* Tourbillon, valorado en setecientos mil euros, y un *Richard Mille* cuyo precio se aproximaba al medio millón.

Se quedaron allí, muy quietos, como si les hubieran clavado los pies a la acera, casi incapaces de aceptar lo que estaban viendo y que se exhibía con absoluta naturalidad, y sin escandalizar a los curiosos.

Setecientos mil euros era lo que cobrarían por traducir cien libros a cualquiera de los seis idiomas que tanto les había costado aprender, o lo que ganaría un obrero que se deslomara trabajando ocho horas diarias durante más de mil meses, es decir, ochenta y tres años.

Millones de seres humanos habrían conseguido escapar de la desesperación, la miseria o la muerte con la veintena de relojes que se exhibían tan descaradamente en aquel odioso lugar, y fueron aquellos breves minutos de contemplación de cómo la estupidez y la prepotencia podían ser llevadas a sus últimas consecuencias, lo que acabó por animarles a no cejar en su empeño de intentar equilibrar la balanza de las desigualdades.

Entendían que la gente deseara poseer una casa más grande, un yate más cómodo o un coche más rápido, pero un simple reloj no podía ser más grande, ni más cómodo, y mucho menos más rápido, puesto que si era más rápido dejaba de ser reloj y pasaba a convertirse en marcapasos.

Las horas debían tener exactamente los mismos minutos y los mismos segundos en un reloj de diez euros que en uno de setecientos mil, por lo que se llegaba a la lógica conclusión de que con los seiscientos noventa y nueve mil novecientos noventa restantes tan solo se estaba pagando el precio de una desorbitada egolatría.

Quienes los compraban solían ser los aficionados a «jugar a las muñecas», es decir, alzarse la manga de la camisa y colocar la mano sobre la mesa de tal forma que cuantos los rodeaban pudieran admirar una muñeca en la que destacaba un reloj que los convertía en «hombres de estilo», y por lo tanto muy superiores al resto de los mortales.

Claudia recordaba que muchos años atrás una buena amiga le había confesado: «Acabo de mandar al carajo a mi novio porque tiene un descapotable rojo y un reloj de oro macizo y he llegado a una amarga conclusión: la mayoría de los hombres que tienen un descapotable rojo y un reloj de oro macizo lo único que tienen es un descapotable rojo y un reloj de oro macizo, que ni siquiera sirven para masturbarse.»

Pero incluso un reloj de oro macizo se les antojaba algo hasta cierto punto «discreto» frente al derroche de prepotencia, a su modo de ver injustificable, que se exhibía en aquel deleznable escaparate.

Tras un par de minutos de silenciosa contemplación, Claudia comentó:

—Sospecho que aquí tendrán que instalar una mercería, porque no creo que vuelvan a vender relojes de setecientos mil euros.

Regresaron sin prisas, durmieron en el mismo altozano desde el que se distinguía un mar que ahora parecía tener un color diferente, como si se encontrara más limpio o su aire estuviera menos contaminado, y tras desayunar desengancharon la caravana para que Claudia pudiera acercarse al pueblo más próximo y hacerse una idea, a través de la prensa, la radio y la televisión, de cuáles habían sido las repercusiones de su «tranquilo paseo».

Y esa repercusión había sido infinitamente más devastadora de lo que nunca imaginaron, habida cuenta de que las enormes cajas fuertes de alta seguridad de la mayoría de los bancos de la zona permanecían bloqueadas. Sus códigos de acceso habían quedado anulados, con lo que gran cantidad de dinero, joyas, obras de arte y sobre todo documentos permanecerían bajo tierra hasta que entre la dinamita, los sopletes y los cerrajeros consiguieran sacarlas a una luz que muchos de sus propietarios nunca hubieran deseado que vieran.

Curiosamente, algunas de las personas más ricas del mundo no disponían en esos momentos de dinero en efectivo o tarjetas de crédito utilizables, al tiempo que aviones, trenes y helicópteros no funcionaban por culpa de sus dispositivos electrónicos.

Se inició por tanto un descontrolado éxodo por carretera que desafiaba la lógica de todos los grandes éxodos que habían tenido lugar a lo largo de miles de años de historia.

Desde los lejanos tiempos en que los hebreos conducidos por Moisés abandonaron en masa Egipto, todos los éxodos habían seguido una misma dirección y habían tenido como meta idéntico objetivo: escapar de la esclavitud, el hambre y la miseria en busca de una tierra mejor.

Pero los que en esta ocasión emigraban no lo hacían huyendo de la esclavitud, el hambre o la miseria, ni mucho menos en busca de una tierra mejor, que según ellos no existía, sino en pos de algo tan invisible e impalpable como unas ondas que surcaban los espacios llegando hasta los mismísimos confines del universo.

Podría decirse que esas ondas se habían convertido en nuevos dioses, tan invisibles e impalpables como los anteriores, pero con idéntica capacidad de encontrarse en todas partes. Sin embargo, había bastado con que alguien anulara localmente su poder para que todo se trastocase.

Cabría imaginar que los verdaderos dioses habían decidido recordar a los humanos quiénes ostentaban el poder, o que la octava plaga había caído no solamente sobre Egipto, sino sobre la totalidad del planeta.

Aquellos que se veían obligados a quedarse porque no tenían otro lugar al que acudir —que los había, y muchos—, así como cuantos entendían que si abandonaban sus lujosas mansiones estas acabarían siendo saqueadas, ya que se encontraban totalmente desprotegidas sin sus sistemas de alarma, se sentían como «aves del paraíso fiscal», inesperadamente enjauladas.

Un sanguinario dictador africano, mundialmente conocido por sus orgías, derroches y extravagancias, descubrió con rabia, amargura e impotencia que su gigantesca residencia tipo búnker se encontraba tan perfectamente blindada que nadie podía entrar, pero, en contrapartida, al descontrolarse los códigos de acceso, tampoco era posible salir.

Como los teléfonos de todas las cerrajerías y talleres de reparación se encontraban colapsados y los bomberos no paraban de ir de un lado a otro, dando prioridad a quienes se encontraban en auténtico peligro, fue cosa digna de ver el espectáculo que ofrecían criados, guardaespaldas e incluso hermosas prostitutas a la hora de golpear un grueso muro de hormigón con cuanto objeto metálico encontraron hasta conseguir abrir un hueco que les permitiera acceder al jardín.

Ciertamente, aquella preciosa costa había dejado de ser el mejor lugar para vivir, y los afectados, que eran muchos y poderosos, culpaban de ello al maldito Sidney Milius y sus delirios de grandeza.

* * *

Sidney Milius no se había convertido en el mejor pirata informático de la historia por pura casualidad, sino debido a que carecía de escrúpulos, tenía una mente clara y sabía ingeniárselas a la hora de evitar rendir cuentas de sus actos.

Tardó muy poco en comprender que había cometido un grave error al dejarse arrastrar por un súbito arrebato de soberbia, y a ello le ayudó el descubrimiento de que varios de sus «asesores legales» se habían apresurado a declarar que no compartían sus métodos.

Al parecer la mayoría daba por hecho que sus días de esplendor habían pasado y ya no era el «almirante en jefe» de la piratería informática, por lo que había llegado el momento de prestar mayor atención a otros clientes, no tan dadivosos, pero mucho menos llamativos.

Tal como Kabir Suleimán aseguraba en su casi olvidado y nunca bien ponderado *Manual de las derrotas*: «La soberbia de un general suele ser el peor enemigo de su ejército. Su humildad, su mejor aliado.»

Y aquella era una máxima medieval aplicable no solo a militares, sino también a políticos, empresarios o gente corriente que en un determinado momento sacaba a relucir un ego que en ocasiones actuaba como una bala de gran calibre que penetrara directamente en la boca de la que había partido.

A la vista del revuelo que había organizado, y tras recibir una llamada de su principal valedor monegasco recriminándole su falta de tacto y rogándole que no volviera a ponerse en contacto con él, consultó durante toda una noche con la misma almohada a la que no había consultado tres noches antes, y decidió que debía prepararse para hacer un discreto mutis por el foro.

En realidad siempre había estado preparado, porque como buen pirata de última generación había aprendido de sus antepasados de parche en el ojo que los tesoros no debían transportarse nunca a bordo, puesto que si durante un imprevisto enfrentamiento se hundía el barco, se perdía todo. Los tesoros debían enterrarse, y siempre convenía disponer de una nave de reserva.

Debido a ello, la malhadada noche en que los televisores, los móviles y los ordenadores comenzaron a volverse locos, Sidney Milius comprendió que no tardarían en ir a por su mala cabeza, por lo que descendió con estudiada naturalidad de su amado *Milius@.com,* se perdió entre las sombras del puerto y subió discretamente a bordo del *Sea Rabbit,* un moderno velero propiedad de una compañía inmobiliaria panameña, que en realidad no era más que una de sus incontables empresas fantasmas.

El *Conejo de Mar* estaba diseñado para correr sobre las olas huyendo de galgos y podencos legales o permanecer oculto en una ensenada disponiendo de tres banderas, nombres, matrículas y nacionalidades diferentes, todas ellas con su documentación en regla.

Ningún delincuente que se preciase de serlo se lanzaría nunca a cometer un delito sin tener prevista una vía de escape, y atendiendo a tan elemental norma de comportamiento, Sidney Milius siempre había tenido a menos de trescientos metros de la proa de su yate su particular vía de escape.

Y absolutamente nadie sabía que estaba allí.

Un marino profesional llegaba de Marsella un par de veces al mes, sacaba el velero a navegar —tanto para tenerlo siempre a punto como para no levantar sospechas— y volvía a marcharse sin hablar con nadie ni hacer una sola pregunta.

Gracias a tan astuta pero elemental precaución, a los quince minutos de haberse organizado el pandemónium cibernético, y aprovechando la confusión que reinaba en un puerto en el que nada funcionaba y nadie se fijaba en nadie, el estilizado *Sea Rabbit* salió a mar abierto, cargó velas y enfiló rumbo al sur.

Quien lo pilotaba no se sentía feliz por abandonar el principado, puesto que dejaba atrás los esfuerzos de media vida, pero sí satisfecho al saber que tenía por delante otra media, ya que miles de comprometedores documentos se encontraban a salvo en los sótanos de una discreta villa de una remota isla perdida en mitad del océano.

Con su ayuda, y bajo cualquiera de las múltiples nuevas identidades que previamente había tenido la precaución de procurarse, algún día podría regresar a la lucrativa actividad de saquear el esfuerzo ajeno.

Siendo tan hábil como había demostrado ser en cuanto se refería a la informática, conocía mejor que nadie sus puntos débiles, y por lo tanto había sabido protegerse ante la eventualidad de un previsible fallo.

Lo único que tenía que hacer era esperar, porque disponía de una larguísima lista con los nombres y las direcciones de los políticos y funcionarios que se habían dejado sobornar, y era cosa sabida que un asesino podía arrepentirse de sus crímenes y no volver a matar, pero un corrupto seguiría siéndolo hasta que echaran la última paletada de tierra sobre su ataúd.

Capítulo Dieciocho

Llegaron al viejo restaurante a media tarde, y fue para encontrarse con una Cristina alicaída, melancólica y algo distante debido a que uno de sus mejores amigos y compañero de fatigas había muerto el día anterior.

—Sabía que no tenía solución, pero me consoló advertir que al cogerle la mano experimentaba un gran alivio, por lo que me quedé hasta que se fue en paz y sin dolor. Si hubieras estado allí tal vez lo habrías salvado.

—Lo dudo, y no es un tema que se preste a discusión en un momento como este. Lo que ahora importa es saber qué conclusión han sacado los médicos de los análisis.

—Están desconcertados y no se explican lo que me ocurre.

—¿Les hablaste de mí?

—No.

—¿Por qué?

—Porque tú no quieres que lo haga.

La observaron, evidentemente confundidos, y fue Claudia la que inquirió:

—¿Qué te hace pensar eso?

—¿De verdad quieres saberlo?

—¡Por favor!

—Ya que insistes, te aclararé que puedo ser una jovencita moribunda y caprichosa que a menudo se comporta como una inconsciente, pero eso no quiere decir que sea estúpida y no esté muy atenta a cuanto de sorprendente ocurre a mi alrededor.

—¿Y qué es, según tú, cuanto de sorprendente ocurre a tu alrededor...?

—No me obligues a intentar explicar lo inexplicable, cuando ni vosotros mismos tenéis ni idea de cómo explicarlo... ¿O la tenéis?

—No.

—Lo imaginaba, y en lo que a mí respecta, me basta con no experimentar el dolor que me atormentaba hasta que llegué aquí y con saber que Jean Pierre murió sin sufrir todas las penas del infierno... ¿Quieres que continúe después de lo que cuentan los medios de comunicación?

—No creo que sea necesario. ¿Qué piensas hacer?

—¿Y quién soy yo para decidirlo...? A lo único que aspiro es a tener cerca a tu marido, cogerle de la mano y advertir cómo me alivia, aunque supongo que al no estar en mi pellejo no puedes entenderlo.

—¿Quieres decir que apruebas lo que hacemos?

—Si no lo hicierais no estaría ahora aquí; me encontraría tendida en una cama, con morfina hasta las cejas y pidiendo a Dios que me llevara cuanto antes, tal como pedían mis hermanas y mis padres. No sé quiénes sois en realidad pero no tengo intención de averiguarlo porque cuando estás con un pie en la tumba y alguien intenta ayudarte a salir de ella no le preguntas en qué trabaja, dónde vive y a qué dedica el tiempo libre.

—Pero lo supones…

—Según las estadísticas, «supongo» es el término que más se utiliza en los juicios orales, dado que nunca compromete a quien lo emplea. No quiero saber nada, puesto que mientras no lo sepa soy libre de «suponer» lo que me dé la gana y nadie puede culparme por ello.

Claudia la observó con sincera admiración y, tras extraer de la nevera la mejor botella de champán que les quedaba, señaló:

—Eres la última criatura que una mujer desearía ver cogida de la mano de su marido, pero así están las cosas. Y ahora brindemos por nosotros y empecemos a decidir qué carajo vamos a hacer, porque tanto trajín me tiene agotada, cada vez más a menudo siento náuseas, y lo único que quiero es volver a casa con el fin de poder tener a mi hijo sin sobresaltos.

No resultaba una tarea en absoluto sencilla, puesto que para «volver a casa» tenían que resolver incontables asuntos, entre ellos revender un viejo restaurante en el que Claudia había invertido la totalidad de sus ahorros.

Puede que ciertamente fueran la todopoderosa Medusa que ponía de rodillas a las grandes potencias, pero estaba claro que no eran más que una pareja de sencillos traductores que no tardarían en enfrentarse a insalvables problemas económicos.

Tal como la propia Claudia confesó en un arrebato de sinceridad:

—Esto de arreglar el mundo cuesta un ojo de la cara, y tengo entendido que los potitos y los pañales están por las nubes.

Intentaban tomárselo con humor, pero tanto ella como su marido sabían muy bien que el futuro no se mostraba en absoluto halagüeño.

Con el control de la piratería informática tal vez el mundo editorial recuperara parte de su perdido esplendor y volvieran los viejos tiempos en los que nunca les faltaba trabajo, pero les constaba que vivirían siempre aterrorizados porque los realmente poderosos no se resignarían a la pérdida de sus inconcebibles privilegios.

Alguien, en alguna parte, continuaría empeñado en destruirlos, y sacar a un hijo adelante en tales circunstancias no iba a resultar tarea fácil.

Por si todo ello no bastara, su preocupación aumentó de forma muy notable cuando dos días más tarde Claudia trajo un periódico que publicaba en primera página un editorial del *Times*:

> Fuentes fidedignas aseguran que algunos gobiernos parecen dispuestos a llegar a un acuerdo de «no agresión» con el grupo llamado «Medusa», comprometiéndose a no perseguirlo siempre que cese en sus actividades.
>
> En realidad se trata de una rendición incondicional que recuerda la aceptación de la inapelable derrota por parte de Japón cuando comprendió que podían ser víctimas de un tercer ataque nuclear.
>
> El desastre ocurrido en el Principado de Mónaco obliga a pensar que tal vez la decisión de solicitar un «alto el fuego» sea la más correcta, sobre todo si el contendiente, que en este caso lleva clara ventaja, renuncia a imponer condiciones.
>
> Alcanzar la paz ha demostrado ser siempre lo más

sensato y por nuestra parte resultaría una insensatez oponerse a ello.

No obstante, es necesario plantearse ciertas cuestiones de innegable importancia:

¿Respetarán todos los gobiernos dicho acuerdo?

¿Quién garantiza que otros países menos complacientes o meras organizaciones criminales no emplearán todos los medios a su alcance con el fin de apoderarse de un arma que aparentemente no es letal pero que destruye la capacidad defensiva del enemigo?

¿Cuánto pagarían los comunistas norcoreanos o los extremistas islámicos, por citar tan solo dos ejemplos, por disponer de una nueva tecnología que convierte en obsoleta cualquier otra?

¿Está Medusa en condiciones de proteger dicha tecnología, o deberíamos protegerla con el fin de protegernos a nosotros mismos?

¿Dónde esconde las fórmulas o los instrumentos que le permiten desafiar las leyes de la naturaleza?

Desde el momento en que un hipotético «acuerdo de paz» entre en vigor comenzará una nueva guerra, no sabemos si «fría» o «caliente», pero probablemente silenciosa, en la que, tal como sucede en todas las guerras, todos perderán.

A nadie le apetece la idea de vivir temiendo que de improviso el entorno en que ha nacido y se ha criado sufra un colapso.

Aquella era una posibilidad que no habían contemplado debido a que eran los únicos que sabían que no existía ningún tipo de «instrumento» o «fórmula» que les permitiera desafiar las leyes de la naturaleza.

Eran las leyes de la naturaleza las que se habían desafiado a sí mismas y eso parecía ser algo que no les entraba en la cabeza a quienes habían redactado tan incisivo editorial.

Por ello, cuando se encontraban a solas en la cama, puesto que Cristina dormía en la caravana, Claudia no pudo por menos que comentar:

—Según ese artículo, puede que haya alguien que intente «robarte» para intentar joder a los demás sin tener en cuenta que sería el primero en joderse. Por lo visto te has convertido en «ese oscuro objeto del deseo».

—Pues por mucho que admire a Buñuel no me apetece convertirme en «ese oscuro objeto del deseo» ni en «el ángel exterminador», o sea que, al igual que tú, lo único que quiero es irme a casa.

—¿Y qué hacemos con Cristina?

—Si quiere venir, que venga. Ya es parte de la familia.

La animosa muchacha no lo dudó un instante:

—Si tengo que elegir entre quedarme y sufrir hasta que llegue mi hora o irme con vosotros conservando una esperanza de vida, no seré tan estúpida como para planteármelo. ¿Cuándo nos vamos?

—En cuanto consiga vender este puñetero restaurante.

—No lo llames puñetero; aquí celebré casi todos mis cumpleaños y fui muy feliz remando, nadando y pescando con mis hermanas. Y por si no bastara, aquí han renacido mis esperanzas...

—¡De acuerdo! No es puñetero; es precioso, pero se cae a pedazos y chupa pintura que arruina.

—Te lo compro. Mis padres no solo me dejaron de herencia una enfermedad; también me dejaron dinero.

—¿Y para qué quieres un restaurante?

—Para nada, pero lo convertiré en mi nueva casa. Aquí me siento mucho más a gusto que en la otra, que tan solo me trae malos recuerdos. El único defecto de esta estriba en los «fantasmas» que siguen a todas partes a tu marido, pero confío en que se vayan con él.

—¿Los has visto?

—No, pero los he olido.

La peregrina respuesta no pudo por menos que desconcertarlos.

—¿Y a qué huelen?

—Uno apesta a ajo y otro deja un tufo a sobaco que marea.

—No es verdad...

—Si los fantasmas no existen tengo el mismo derecho a decir que los he olido que cuantos aseguran que los han visto u oído. Y si existen, lo lógico es que huelan tal como olían en vida.

—En eso puede que tengas razón.

—¿Podríais dejar de decir majaderías y empezar a mover esos preciosos culos para que podamos marcharnos cuanto antes? Vosotras haréis el viaje en coche, pero yo debo atravesar los Pirineos mientras aún no haga frío.

* * *

Aún no hacía frío, por lo que emprendió sin prisas el camino a través de las montañas, preguntándose a cada paso si lo mejor que podría hacer sería no llegar nunca, puesto que de ese modo la mujer a la que amaba hacía ya mucho tiempo, y el hijo que iba a nacer y al que ya amaba, tendrían una vida tranquila sin saberse continuamente acosados por cuantos pretendieran eliminarlo o utilizarlo.

No se imaginaba envejeciendo sin poder abandonar el aislado caserón y sus alrededores, teniendo como límite de sus actividades un pequeño pueblo o una horrenda ciudad desangelada, sin disfrutar del simple hecho de acompañar a su hijo ni tan siquiera a la orilla del mar, obligado a mentirle hasta que estuviera en edad de comprender lo incomprensible, y con el eterno miedo —los sesenta minutos de cada hora de cada día de cada mes de cada año— de ver llegar por el sendero flanqueado de higueras un automóvil que tal vez fuera a llevárselo para siempre.

Y lo que sería mucho peor, llevarse a su familia.

No. No se le antojaba un futuro en absoluto apetecible.

El hecho de haberse transformado en el todopoderoso «rey del mundo» planteaba graves problemas de índole doméstico, similares a los del desgraciado rey Midas, que, por el hecho de convertir en oro cuanto tocaba, murió, no de hambre, sino debido a que las pepitas de oro solían provocarle perforaciones intestinales.

No obstante, el hecho de no regresar significaba condenar a Cristina a un amargo final. A la muchacha le horrorizaba la idea de recurrir a la morfina hasta que se reuniera con ellos al otro lado de la frontera, por lo que consideraba inhumano dejarla aguardando a semejanza de una ansiosa drogadicta que necesitara desesperadamente una nueva dosis de heroína.

¿Hasta cuándo tendría que continuar aferrándole la mano?

Quizás hasta el momento de verla marcharse para siempre pero con tanta placidez como lo había hecho su amigo Jean Pierre.

No se sentía preparado para ello, de la misma forma

que no se sentía preparado para la inmensa mayoría de las cosas que le estaban sucediendo.

Mientras mordisqueaba un pedazo de queso y se remojaba los doloridos pies en el remanso de un riachuelo, intuyó que quienes se empeñaban en seguirlo a todas partes le habían alcanzado y se acomodaban a su alrededor.

No podía verlos, oírlos, tocarlos —y mucho menos olerlos—, por lo que estaba a punto de gritarles que lo dejaran en paz cuando advirtió que un hombre de casi dos metros de estatura ascendía a buen paso por el empinado senderillo.

Le alarmó su porte marcial, por lo que cuando se sentó a su lado y le preguntó qué hacía en un lugar tan alejado de la mano de Dios, se limitó a responderle con la mayor naturalidad posible que iba a visitar a unos amigos que vivían al otro lado de la frontera, en un pequeño villorrio perdido entre las montañas llamado «Abandonado».

—No lo conozco, aunque he oído hablar de él. También yo voy a visitar a un viejo amigo, pero este se encuentra mucho más cerca; allí, en el fondo de aquel barranco.

—No parece un buen lugar para vivir.

—Es que cayó desde mil trescientos metros, pero antes de estrellarse aún tuvo fuerzas para expulsar mi asiento y permitir que me salvara. Salí bastante magullado, pero ahora que ya estoy bien he venido a darle las gracias y llevarme un recuerdo.

—¿Acaso es usted el piloto....? ¡Vaya por Dios! ¡Enhorabuena!

—Enhorabuena ¿por qué? Me habían entrenado para salvar un avión, no para que el avión me salvara a mí.

—Nunca se está lo suficientemente entrenado para escapar de la muerte, y la mejor prueba está en que hasta ahora nadie lo ha conseguido.

—Eso es muy cierto.

—¿Y qué se siente volando a tanta velocidad?

—Nada.

—¿Cómo es posible?

—Empiezas volando en avionetas y la velocidad aumenta con los años, de la misma forma que no experimentas emoción por el hecho de ir creciendo.

—Pues a mí me habría emocionado alcanzar su estatura. ¿Qué sentirá al volver a subirse a uno de esos trastos?

—No lo haré, porque desde que averigüé que el combustible que consume en una hora de entrenamiento equivale a trescientos kilos de leche en polvo, me sentí incómodo.

—De poco sirve un piloto de combate si no se entrena.

—¿Y de qué sirve cuando se entrena? Nuestro futuro se limita a defender los intereses de las multinacionales, bien sea el uranio de Níger, el petróleo de Chad, el coltán del Congo o los diamantes de Liberia. El accidente me ha servido para comprender lo absurdo que resulta matar o arriesgarse a morir para que los índices de las bolsas suban o bajen.

—Supongo que volar debe de ser muy bonito, pero volar para matar no debe de serlo tanto.

—Le aseguro que no lo es... ¿Usted a qué se dedica?

—Soy senderista.

—No sabía que fuera una profesión.

—Y no lo es, pero se conoce gente y no se hace daño a nadie.

—Eso también es cierto. Bueno, me gustaría seguir

charlando, porque es usted un tipo un tanto peculiar, pero quiero estar de vuelta esta misma tarde. Bajaré por entre aquellas rocas aunque me rompa la crisma.

—¿Me permite una pregunta propia de un profano? ¿Qué piensa llevarse de recuerdo?

—Algo que no pese.

Lo observó mientras descendía por el empinado barranco y se sintió en cierto modo estúpido, puesto que la respuesta era obvia teniendo en cuenta que el regreso sería en verdad dificultoso.

Reanudó la marcha seguido por su fiel escolta invisible y al atardecer alcanzó Abandonado, donde el hombretón de la coleta, el violinista enamorado, el viejo inventor y el resto de la comunidad, incluidos los zalameros perros, lo recibieron con las mismas muestras de afecto que la primera vez, excepción hecha de la anciana, que no dudó en inquirir visiblemente molesta:

—¿Qué hacéis aquí? Vuestro trabajo apenas ha empezado.

—¿Qué quiere decir?

—Que las ranas del libro continúan croando, lo cual significa que no habéis terminado lo que quiera que tuvierais que hacer. Y no pararán hasta que lo terminéis.

—¡Pero madre...!

—Tú te callas; sé bien lo que digo porque las oigo a todas horas. Hasta las de la laguna han emigrado cansadas de tanta competencia.

—Eso es cierto... Las de la laguna ya no cantan.

Se encontraba agotado, dolorido, con los pies destrozados y muerto de hambre, por lo que renunció a cualquier tipo de argumentación sobre ranas que cantaban, probablemente en ruso, misiones que al parecer no había

cumplido o seres impalpables que lo seguían a todas partes y que tal vez fueran dejando tras de sí una leve pesti-
lencia a sudor y ajo.

Su capacidad de asombro se había agotado hacía
tiempo y lo único que deseaba era dormir durante muchas, muchas horas.

Quizás al despertarse descubriría que todo había sido
una horrenda pesadilla, que el mundo continuaba siendo
igual de injusto y que él era tan solo un simple traductor
que odiaba el mar y amaba la montaña.

Capítulo Diecinueve

Golpearon la puerta y en cuanto dio permiso para entrar, Spencer penetró como un vendaval exhibiendo una sonrisa que le iluminaba la cara.

—¡Lo hemos localizado!

El corazón le dio un vuelco, y a punto estuvo de abrazar a su subordinado.

—Es la mejor noticia que me ha dado nunca...

—Muchas gracias, señor. Realmente ha valido la pena.

—¿Cómo lo ha conseguido?

—El único barco que abandonó el puerto esa noche fue el *Sea Rabbit,* lo rastreamos y descubrimos que pertenece a una empresa de Sidney Milius y que cuenta con varias matrículas falsas. Ahora es el *Vulcano IV,* navega con bandera italiana y se encuentra fondeado en una cala al este de la isla de Lipari.

—¡Bien...! Mantenga a ese hijo de puta vigilado cada minuto de cada día, de cada mes, de cada año, porque si lo pierden de vista rodarán cabezas; la suya, la primera. ¿Ha quedado claro?

—Muy claro, pero creo que sería mejor detenerlo.

—Lo necesito libre; preso tan solo es un preso, muerto tan solo es un muerto, pero libre puede ser muchas cosas y casi todas buenas, Acérqueme el maletín que encontrará en ese armario.

Spencer obedeció, colocó el pesado maletín sobre la mesa, y ante el gesto de su superior, que le urgía a que lo abriera, observó desconcertado lo que parecía ser un ordenador dotado de docenas de teclas e interruptores, así como una antena parabólica desplegable.

—¿Qué es esto?

—El Meakc Se-/7, más conocido como *Pocopedo*, un trasto en el que nuestros ínclitos «sabios del Pentágono» invirtieron millones intentando interceptar ondas electromagnéticas, aunque lo único que consiguieron fue que los perros aullaran y los gatos corrieran.

—¿O sea que hemos estado trabajando en ese campo?

—¡Naturalmente! Trabajamos en todos los campos, aunque en la mayoría no obtenemos otra cosecha que misiles que hemos de obligar a que nos compren bajo amenaza de tirárselos encima.

—Eso suena un tanto derrotista.

—Es lógico pasar de terrorista a derrotista al ver que derrochamos fortunas en cacharros que a menudo resultan un fiasco. Aunque espero que en este caso nos sean de utilidad. Quiero que registren «muy a fondo» el *Milius@.com* y encuentren este maletín oculto tras un mamparo.

—¿Y eso?

—Demostrará que Sidney Milius es el auténtico cerebro del grupo Medusa.

—¿Perdón...? ¿Cómo ha dicho?

—Que Sidney Milius, un famoso pirata informático, poderoso, sin escrúpulos y con una ambición sin límites fue el que diseñó un complejo aparato destinado a controlar las ondas electromagnéticas con la intención de convertirse en el único dueño de los sistemas de comunicación globales. Su gran problema estriba en que no consigue controlar su propio artilugio, a veces se le va de las manos y deja cuanto le rodea hecho un asco.

—Pero usted sabe que eso no es verdad.

—Más vale una mentira útil que una verdad inútil, y por si no lo ha advertido le diré que no estamos hablando de verdades, sino de política. Siéntese, Spencer, que aún me sorprende su ingenuidad pese a llevar tanto tiempo en este oficio.

—Es que no consigo entender adónde quiere llegar.

—Pretendo hacerle comprender que si he recibido la orden concreta, dictada desde las más altas esferas, de proteger a Medusa, la mejor manera de evitar que la busquen para aprovecharse de sus descubrimientos es sacando a la luz su identidad.

—¿Aun sabiendo que Sidney Milius es inocente?

—Puede que en realidad sea culpable, ¡vaya usted a saber!, pero ya nos ocuparemos de hacer notar que su perfil encaja con el papel de *hacker* prepotente, avaricioso y endiosado que le hemos asignado. O sea que o mucho me equivoco, o de ahora en adelante la mayor preocupación de Sidney Milius se centrará en intentar ocultarse de cuantos querrán cortarle el cuello o aprovechar sus fabulosos conocimientos y su experiencia tecnológica. Y no tardará en comprender que si lo capturan lo torturarán para conseguir que diga cuanto sabe, cuando en realidad no sabe nada.

—Un plan maquiavélico.

—Es que últimamente he tenido buenos maestros.

—De eso no me cabe duda, pero hay algo que se me escapa: si él era Medusa, ¿por qué tenía que ofrecer dinero por la captura de Medusa?

—En primer lugar, porque sabía que nunca tendría que pagarlo; y en segundo, para evitar que sospecharan de quien está considerado uno de los mejores profesionales del ramo. Oficialmente perdía millones, pero era porque a la larga pensaba ganar diez mil veces más. ¿Qué mejor coartada que ofrecer una recompensa por su captura? Ese tipo es muy listo.

—Lo dice como si realmente lo hubiera hecho él.

—La fuerza de una mentira estriba en que quien la diga sea el primero en creerla. Y como el único que podría rebatirla, aunque sin pruebas, es el propio Sidney Milius, lo mejor que puede hacer es desaparecer para siempre.

—Menuda cabronada...

—Él mismo se lo ha buscado, por imbécil. Y ahora recoja el puñetero maletín y póngase en marcha, pero procure no tocar ninguna tecla, porque si lo hace ese trasto se pasará horas lanzando un zumbido que volvería loco a un monje tibetano.

En cuanto su siempre animoso subordinado abandonó el despacho, Dan Parker inclinó hacia atrás el respaldo de su butaca y colocó los pies sobre la mesa lanzando un resoplido con el que parecía querer expresar su profunda satisfacción.

Llevaba mucho tiempo sintiéndose burlado, pero ahora volvía a coger las riendas de tan apasionante diligencia y se sentía capacitado para manejar su tiro de caballos.

Sin duda muchos gobiernos dedicarían ingentes medios a la hora de seguirle la pista de un señuelo que consideraba perfecto, dejándole con ello el campo libre a la hora de intentar localizar discretamente a la hermosa «Sara», a la que siempre había considerado la auténtica cabecilla del grupo Medusa.

Cierto que le habían ordenado que la protegieran y la dejaran en paz mientras se mantuviera inactiva, pero cierto era también que sus largos años de experiencia sobreviviendo en las cloacas de la política le permitían comprender que dicha inactividad duraría poco.

Estaba en juego el control de los sistemas de comunicación de gran parte del planeta, por lo que pronto o tarde alguien descubriría el engaño y se lanzaría de inmediato a la caza de los auténticos «terroristas». Entonces la batalla volvería a empezar, pero lo que importaba era haber conseguido una considerable ventaja.

Tras encajar una sucesiva cadena de golpes bajos que habían estado a punto de derribarlo, comenzaba a recuperar la fe en sí mismo, porque siempre había sido un duro fajador curtido en mil combates.

Le encantaba la idea de empezar de nuevo, y una de las únicas cosas que lamentaba era no poder ver la cara del puñetero Sidney Milius cuando cayera en la cuenta de lo que se le venía encima.

Ciertamente, la cara de Sidney Milius fue todo un poema cuando, tres días más tarde y en el momento de encender la televisión, descubrió, estupefacto, que se había convertido en la sardina más perseguida del océano.

Comprendió que había caído en una trampa que él mismo había contribuido a montar, que todos sus sueños de gloria se esfumaban, y que de nada le servirían los documentos que tan celosamente guardaba en su mansión de la isla porque por muy corruptos que fueran los corruptos, a partir de aquel momento se alejarían de él como de una mofeta en celo.

Digna de ver fue también la cara de Dante Sforza al desplegar el periódico y enfrentarse a la fotografía de aquel que con tanto menosprecio lo había tratado.

—¡Maldito *mascalzone*! ¡Y pensar que por tu culpa le rompí un dedo a Rugero!

* * *

Al abrir los ojos ya era de día y descubrió a la anciana sentada en un rincón, aferrando con fuerza el manoseado libro del ruso nacido en la tundra.

Evidentemente no podía verlo, pero por alguna razón —¿qué importancia tenían ya las razones en un contexto tan irracional?— la mujer sabía que se encontraba despierto, por lo que señaló en tono conciliador:

—Tus amigos me han contado lo ocurrido y aunque no he conseguido entender muchas cosas, lamento haberte hablado con tanta dureza.

—¿Qué amigos?

Ella movió la cabeza como indicando cuanto la rodeaba:

—Estos de aquí.

—¡Ya empezamos...!

—No seas impertinente tú también. Admito que tienes que soportar una pesada carga, pero no fui yo quien la colocó sobre tus hombros.

—¿Y quién fue?

—No lo sé, pero buenas razones debía de tener, y al

parecer te han escuchado hasta en el último rincón del planeta, aunque por lo visto con eso no basta.

—¿Quién lo dice?

—Ellos.

—«Ellos» no son humanos y por lo tanto no pueden saber hasta dónde llegan las fuerzas de una persona. Las mías se han agotado.

—Tal vez, pero no la de millones de infelices que sufren hambre, maltrato e injusticias y que han decidido unir sus fuerzas canalizándolas a través de ti. Eres el hilo central en torno al cual se han ido enrollando otros hasta formar una soga tan resistente que nadie conseguirá romper.

—No es justo.

—Durante años maldije la injusticia de haberme quedado ciega, pero ahora entiendo que ocurrió para que pudiera ser tu guía por unos senderos en los que los ojos de nada sirven, ya que quienes nos gobiernan se comportan como ilusionistas de feria: cuanto más fijamente les miras a la cara, con mayor facilidad te engañan con las manos.

—A mí siempre consiguen embaucarme, y nunca entiendo de dónde diablos sacan el maldito conejo.

—No obstante, estás consiguiendo desmontarles su mayor truco.

—¿Y es...?

—Que la inmensa mayoría de la gente ha accedido a introducirse voluntariamente en una «pantalla de plasma», que si te digo la verdad no sé lo que es, pero que según tus amigos actúa como un espejo mágico, y los que entran en ella viven las fantasías que no se atreverían a vivir en la realidad.

—Es lo que llaman «mundo virtual».

—Explícalo de un modo que consiga entenderlo.

—Es como una falsa vida en la que incluso intentan transformarse en personas ficticias dando rienda suelta a toda su violencia sabiendo que no sufrirán las consecuencias, porque quien más destruye y más mata más puntos gana.

—¡No es posible!

—Lo es.

—Pues Dios no se molestó en crear los mares, las montañas, los bosques, las flores o los animales para que ahora los hombres se olviden de tanta hermosura refugiándose en un disparatado mundo virtual que acabará convirtiéndolos en autómatas.

Capítulo Veinte

Gaston Villard trabajó como de costumbre, salió de casa a la hora de costumbre, se encaminó al bar de costumbre, tomó asiento en el taburete de costumbre, y el dueño del local le colocó delante la copa de coñac de costumbre, pero antes de que tuviera tiempo de humedecerse los labios un gigantón le aferró por el brazo y le condujo a la apartada mesa desde donde Dan Parker observaba con aire distraído a un grupo de colegialas que cruzaban la calle al otro lado del amplio ventanal.

—¿Otra vez usted?

—Otra vez yo.

—¿Y qué demonios quiere ahora? Ya tiene un culpable.

—¿A qué culpable se refiere?

—A Sidney Milius.

—Usted es de los pocos que saben que ese cerdo no es el cabecilla de Medusa, yo soy de los pocos que saben que usted lo sabe, y por lo tanto se ha convertido en un cabo suelto que me veo en la desagradable obligación de «neutralizar».

—¿Me está amenazando?

—Naturalmente, querido amigo. ¡Naturalmente! ¿Ve ese furgón de cristales oscuros que está aparcado al otro lado de la calle? Desde el interior le están apuntando, por lo que tan solo necesito llevarme la mano a la nariz para que le vuelen la cabeza. Y si fallaran, cosa que dudo, puesto que se trata de un magnífico tirador, el grandullón que le ha traído le remataría antes de llegar a la puerta.

—¡Vaya por Dios! ¿Y cuál es la mala noticia?

—Me encanta su sangre fría, pero por desgracia se ha convertido en una china en el zapato, y ya sabe lo que se hace cuando se tiene una china en el zapato.

—¿Cambiar de zapatos...?

—Deshacerse de la china a no ser que descubramos que se trata de un diamante.

—¿Acaso tengo aspecto de diamante?

—Bien mirado... no.

—En ese caso debería haberse limitado a ordenar que me pegaran un tiro al salir de mi casa. ¿O es que le gusta ver morir a la gente?

—Nunca me ha gustado matar a personas decentes, y usted lo es, o sea que vistas las circunstancias no me queda más que una opción: convertirle de peligroso testigo en eficiente aliado.

—¿Qué está insinuando?

—Le estoy proponiendo que trabaje para mí.

—Antes muerto que formando parte de una hedionda banda de matones que lo único que hace es provocar desgracias y conflictos, o sea que llévese la mano a esa enorme narizota, que más bien parece francesa que americana, y acabemos con esto.

Dan Parker hizo un ademán instintivo como si pretendiera constatar el tamaño de su apéndice nasal pero se contuvo justo a tiempo, indicando a quien se encontraba en el interior de la furgoneta que tuviera un poco de paciencia.

—¡Maldito inconsciente...! Casi consigue que le maten.

—Pues le hubiera manchado de sangre la camisa, con lo cual tal vez saldría ganando, porque lo cierto es que ese horrendo amarillo limón hiere a la vista.

—No continúe haciéndose el duro y preste atención porque no se entera de lo que quiero; no le he pedido que trabaje para mi «empresa»; le he pedido que trabaje para mí.

—¿Y cuál es la diferencia?

—En estos momentos, mucha.

—¿Acaso ha estallado un conflicto de intereses?

—No es un «conflicto de intereses»; es que lo que ahora le interesa a mi «empresa» ya no me interesa a mí, y lo que ahora me interesa a mí, nunca le ha interesado a mi «empresa».

—Esa sí que es una buena noticia.

—No estoy tan seguro, pero si quiere que le sea sincero le aclararé que no le estoy pidiendo que trabaje para mí, sino que me eche una mano porque es la única persona en la que confío.

—Repita eso...

—Se lo repito. Tengo un proyecto de suma importancia entre manos, cuento para llevarlo a cabo con magníficos profesionales, pero por el mero hecho de ser profesionales se ven obligados a anteponer su fidelidad a la «empresa», lo cual es digno de alabanza pero va contra mi proyecto.

—¿Remordimientos de conciencia...?

—¡No diga tonterías! En mi «empresa» el primer día

te sirven de almuerzo tu propia conciencia con patatas fritas, y o te la tragas íntegra o no continúas en ella. No se trata del pasado, que ya está bajo tierra, sino del futuro.

Hizo un gesto indicando al conductor del furgón que se alejara calle abajo, lo cual pareció tener la virtud de relajarle permitiéndole exponer con absoluta sinceridad las razones por las que a partir de aquel día estaba dispuesto a actuar siguiendo únicamente sus criterios personales.

Adujo que, con razón o sin ella, consideraba que en el momento de tomar posesión de su cargo había jurado defender ante todo los intereses de los Estados Unidos, y como ese cargo le investía de un inmenso poder pensaba continuar utilizándolo de la forma que le pareciera más apropiada pese a que muchos no se mostraran de acuerdo.

A su modo de ver, una pléyade de desvergonzados senadores y congresistas sin escrúpulos se las ingeniaban a la hora de promover leyes injustas que tan solo beneficiaban a unas insaciables minorías en detrimento de las cada vez más desesperadas mayorías, y no estaba dispuesto a permitir que ocurriera lo mismo con las indiscutibles mejoras sociales que había traído consigo el «Manifiesto» impuesto por el grupo Medusa.

Y es que habían impresionado notablemente las últimas declaraciones del famoso catedrático de la universidad de Tufts, Dan Dennett, quien había asegurado categóricamente:

Internet se vendrá abajo y cuando lo haga viviremos oleadas de pánico mundial de tal modo que nuestra única posibilidad de sobrevivir será recons-

truir el antiguo tejido social de organizaciones de todo tipo que se han visto casi aniquiladas con la llegada de internet. Algunas tecnologías nos han hecho demasiado dependientes, e internet es el máximo ejemplo de ello: todo depende de la red. ¿Qué pasaría si se viniera abajo?

Su tocayo Dan Dennett, famoso por sus teorías sobre la conciencia y la evolución, y considerado como uno de los grandes teóricos del ateísmo, no quería ser acusado de catastrofista pero aseguraba que cualquier experto sabía que era cuestión de tiempo que la red cayese.

Internet es maravillosa pero tenemos que pensar que nunca hemos sido tan dependientes de algo. Jamás, y que lo que nos ha traído hasta aquí nos puede llevar de vuelta a la edad de piedra.

Desde la invención de la agricultura, hace diez mil años, el ser humano ha evolucionado de un modo puramente darwiniano, pero la llegada de la tecnología ha acelerado ese proceso hasta un punto impredecible.

¿Tiene esto solución? Por supuesto, los hombres somos increíbles previniendo catástrofes, pero lo que ocurre es que nadie recibe una medalla por algo que no ha pasado. Los héroes son siempre los que actúan a posteriori.

Dan Parker siempre había admirado a Dan Dennett y sus argumentos habían acabado de decidirle a tomar cartas en tan espinoso asunto intentando evitar que entre internet y un puñado de empresarios y políticos destruyeran aquella «cultura de diez mil años».

Le constaba que podía hacer cosas con las que su presidente estaría de acuerdo pese a que nunca las apoyaría públicamente, pero también le constaba que si las llevaba a cabo no tardarían a salir a la luz debido a que, por desgracia, lo que más abundaba en su «empresa de espionaje» eran espías.

Más allá del insobornable Spencer comenzaba un universo plagado de «agujeros negros», y no deseaba que se lo tragaran como a tantos otros que en un determinado momento habían tenido la mala ocurrencia de enfrentarse a las grandes corporaciones multinacionales.

Necesitaba unas «armas» muy especiales con las que neutralizar a quienes lo controlaban todo, pero sospechaba que desde su posición, por muy alta que fuera, jamás conseguiría tener acceso a ellas sin que alguien le delatara, con lo que le pararía los pies antes de tiempo.

Sabía lo suficiente sobre corrupción y había corrompido a tantos, que le constaba que su propia casa se encontraba infestada de corruptos.

Tan solo podía confiar en alguien que ni siquiera tenía una multa de tráfico, aunque tan solo se debiera a que no tenía coche, por lo que tras mirarlo fijamente señaló:

—En este asunto me hace falta un hombre decente que se haga pasar por canalla, porque ya he utilizado a demasiados canallas que se hacían pasar por hombres decentes. Y no siempre me ha dado buenos resultados.

* * *

—¿Me permite? Será solo un momento.

—Si pretende venderme algo pierde el tiempo.

El desconocido tomó asiento, colocó una bolsa de

deportes sobre la mesa, y en el mismo tono monocorde señaló:

—No he venido a venderle algo, sino a comprar su casa.

—No está en venta.

—¡Oh, sí que lo está!

—Le repito que no.

—Y yo le repito que sí, o que al menos lo estará desde el momento en que se sepa que su dueño no es otro que Sidney Milius, el aborrecido y perseguido cerebro del grupo Medusa.

El mundo se vino abajo y todas las estrellas del universo le cayeron encima, por lo que permaneció tan mudo como si le hubieran cortado la lengua de raíz mientras observaba cómo el intruso entreabría la bolsa y le hacía ver que se encontraba atestada de billetes:

—Aquí hay casi un millón de dólares, un pasaje de avión con destino a Rio de Janeiro y un pasaporte. Puede hacer dos cosas: tomar un taxi y llegar a tiempo de subirse a un avión que despegará dentro de una hora, o quedarse en una isla de la que me temo que no volverá a salir. Usted decide.

—¿Por qué hace esto?

—Porque sabemos que en la caja fuerte del sótano de su casa oculta infinidad de documentos que comprometen a una gran cantidad de hijos de puta, así como una fabulosa información de última tecnología que tan solo usted conoce, y que nos será de gran utilidad. Todo eso bien vale una vida, pese a que en mi opinión la suya no vale mucho.

—¿O sea que lo que buscan es hacer chantaje?

—¡En absoluto! Lo que pretendemos es disponer de

instrumentos adecuados con los que combatir a los innumerables corruptos con los que usted se ha relacionado durante sus fabulosos años de gloria.

—No pienso traicionarlos.

—Recuerde que traicionar a los traidores siempre ha sido una sana costumbre. Piénselo bien; usted es un hombre increíblemente inteligente, un auténtico genio de la informática que durante años hizo un trabajo excelente en provecho propio, pero últimamente ha perdido todas las partidas y ya no le quedan cartas que jugar. Lo único que le queda es el pellejo y cinco minutos para tomar una decisión e intentar salvarlo.

—Pero usted sabe que yo no soy Medusa.

Gaston Villard extrajo del bolsillo interior de su chaqueta un documento que colocó sobre la mesa:

—¿Y qué importa lo que yo sepa...? Lo que importa es lo que los demás no saben. Si firma aquí y me entrega las llaves de su casa y de la caja fuerte podrá coger aquel taxi y llegar a tiempo al aeropuerto. Si no firma, lo que estará firmando será su sentencia de muerte.

—¿Será capaz de asesinarme aquí, en la terraza de un restaurante y a la vista de todos?

—¡Ni por lo más remoto! Yo tan solo he disparado con escopetas de feria y rara vez le acertaba al pato, pero supongo que alguien que está acostumbrado a hacerlo se ocupará de liquidarlo; tal vez el señor de la última mesa, aquel otro que está leyendo la misma página del periódico desde que llegué o esa gordita que ha pasado dos veces empujando el carrito de la compra. Ese es su oficio, no el mío.

—¿Dejarán de perseguirme?

Le alargó un bolígrafo al tiempo que advertía:

—Eso me han asegurado. Le quedan tres minutos. Firme, deme las llaves y escriba en el reverso la clave de la combinación de la caja fuerte. Si todo está en orden le dejarán en paz; si no lo está le matarán en cuanto ponga el pie en Rio de Janeiro.

—¡Es una canallada!

—Usted sabrá, puesto que está acostumbrado a hacerlas. Para mí es la primera vez, aunque admito que no me desagrada. Ha arruinado a miles de personas, y el hecho de saberle oculto durante el resto de su vida en un sucio villorrio de la selva brasileña me produce un extraño placer.

* * *

—¿Qué estás leyendo?

—Un libro que la editorial me ha pedido que traduzca.

—¿De qué trata?

—Aún no lo sé; lo estoy empezando.

—¿Quieres algo de Madrid?

—Películas.

Claudia tomó asiento a su lado y le acarició cariñosamente el muslo al tiempo que señalaba:

—Cristina pasará la noche en la clínica para que a primera hora puedan hacerle las pruebas, y si no te importa yo cenaré con un ingeniero naval que puede darme una nueva opinión sobre el minisubmarino de ese amigo tuyo. ¿Qué te parece?

—Prefiero mantenerme al margen porque no sé nadar y no entiendo ni una palabra de náutica.

—Siempre tan sensato.

—Para ser sensato no hace falta saber nadar, aunque

demostraría ser mucho más sensato si hubiera aprendido. Lo que sí que veo claro es que te estás involucrando demasiado en un asunto que acabó amargando al pobre viejo.

—¿Y cómo no iba a involucrarme? Hace siete años se ahogaron seiscientos inmigrantes intentando llegar a las costas europeas y el año pasado la cifra superó los mil quinientos. ¿Qué pretendes que haga?

—Lo que haces, pero pasas mucho tiempo fuera y te echo de menos.

—¿Más que cuando sabías que me estaba divirtiendo en una playa?

—Será porque me estoy haciendo viejo...

Fue a decir algo más, pero en ese momento hizo su aparición Cristina, que se apresuró a aferrarle la mano al tiempo que señalaba:

—Dame fuerzas, porque me van a pinchar en el culo, en el brazo, en la columna e incluso en el carnet de identidad.

—No me importará dónde te pinchen si mañana vuelves diciéndome que estás curada.

—Quizá mañana nos quedemos a dormir en el hotel. Son las fiestas del pueblo.

—Quizá no, ¡seguro! ¡Golfas, que sois un par de golfas!

—Porque se puede...

Observó cómo se alejaban riendo y cuchicheando, y una vez más le admiró la rapidez con que Claudia había recuperado su espléndida figura, así como la portentosa belleza de Cristina, cuya roja melena le llegaba casi a media espalda, con lo que volvía a ser la viva imagen de la *Venus* de Botticelli.

Cuando el coche se perdió de vista por el sendero

flanqueado de higueras, se enfrascó en el libro, pero a los pocos instantes volvieron a interrumpirle:

—Déjese de tanta lectura y ocúpese de darle el biberón al crío, que tengo mucha faena y quiero que el Ceferino me lleve a la verbena. No todo va a ser deslomarse.

Le había colocado el niño en el regazo arrebatándole el libro sin el menor miramiento.

Darle el biberón a su hijo constituía uno de sus grandes placeres y en cualquier otra circunstancia ni siquiera hubiera abierto la boca, pero no pudo evitar que se le escapara un leve lamento:

—¡Pero mujer...!

—¡Ni mujer, ni gaitas! También una tiene derecho a darle gusto al cuerpo. Que usted sea un ermitaño no quiere decir que los demás tengamos que serlo. Y no se olvide de darle unas palmaditas en cuanto acabe.

—¡Está bien, pero devuélvame el libro!

Según su costumbre, el niño dio buena cuenta del biberón en un abrir y cerrar de ojos, por lo que lo sujetó sobre el pecho y le golpeó suavemente la espalda hasta que dejó escapar un sonoro eructo.

—¡Que aproveche...!

Lo acunó canturreando en un vano intento de conseguir que se durmiera, pero el crío no parecía dispuesto a colaborar puesto que no paraba de alargar las manos buscando que le mordisqueara la punta de los dedos, lo cual le hacía reír a carcajadas.

Jugueteó con él, haciéndole todas las carantoñas y cosquillas que suelen hacer los padres a sus hijos y sintiéndose feliz en su tranquilo anonimato porque sabía que gracias a su esfuerzo el mundo había mejorado. No cuanto habían soñado que mejorase, pero tampoco se le podían pedir milagros mientras se encontrara habitado por seres humanos.

La mayoría respetaba las nuevas reglas aceptando que se había llegado al borde del abismo, pero otros, que en realidad no eran otros sino los mismos de siempre, continuaban negándose a renunciar a sus desmesurados privilegios.

En ocasiones Claudia se alteraba y sentía la tentación de provocar una nueva exhibición de fuerza para que su «Manifiesto» no quedara en el olvido, pero siempre conseguía calmarla haciéndole notar que cuanto habían conseguido era mucho más de lo que hubieran podido soñar.

Y es que, en realidad, tenía miedo; no miedo a lo que pudiera ocurrirle, sino a lo que podía hacer que ocurriera si decidían reanudar la lucha.

En el fondo de su alma continuaba siendo un ratón de biblioteca; una termita que devoraba palabras, las digería y las expulsaba en seis idiomas diferentes; un apasionado traductor que amaba introducirse en maravillosos universos en los que los sapos se convertían en príncipes y los príncipes en sapos.

Le horrorizaba la idea de volver a recorrer caminos y atravesar cordilleras intentando evitar ser descubierto, o temer que en cualquier momento hiciera un daño irreparable a quien no se lo merecía.

Cuando al fin el niño se durmió, volvió a la lectura del desconcertante libro que le habían pedido que tradujera:

Se presentó a traición, sin la menor advertencia, tan súbita e inesperadamente que incluso cogió desprevenido a quien había pasado gran parte de su vida vagabundeando por aquellos parajes y se preciaba de conocerlos bien.

Cabría imaginar que las negras nubes, densas, espesas, casi palpables y cargadas de electricidad, habían permanecido ocultas al otro lado de las montañas, aguardando la ocasión para tender su brutal emboscada. Era como si quisieran que el solitario senderista confiara plenamente en el límpido cielo de una hermosa tarde veraniega para sorprenderlo surgiendo de improviso sobre la cima de un picacho, antes de precipitarse pendiente abajo al tiempo que se transformaban en agua y relámpagos.

Ni siquiera el retumbar del trueno llegó a modo de apertura sinfónica a la apocalíptica orquesta; corría con segundos de retraso tras los primeros rayos que surcaron el cielo trazando garabatos para acabar estrellándose contra torres de acero que se doblaban al instante mientras gruesos cables eléctricos se comportaban como gigantescos látigos que desparramaran chispas a diestro y siniestro.

Cerró los ojos intentando introducirse en la piel de un indefenso senderista al que la naturaleza atacaba de improviso con inusitada violencia, y tal como le ocurría a menudo con las novelas que traducía, lo consiguió.

Él era ahora el sorprendido y casi aterrorizado caminante que no tuvo oportunidad de correr desalentado en busca de un inexistente refugio, por lo que se limitó a dejarse caer cubriéndose la cabeza con las manos, como el reo...

Alberto Vázquez-Figueroa
Marzo 2014